U0670048

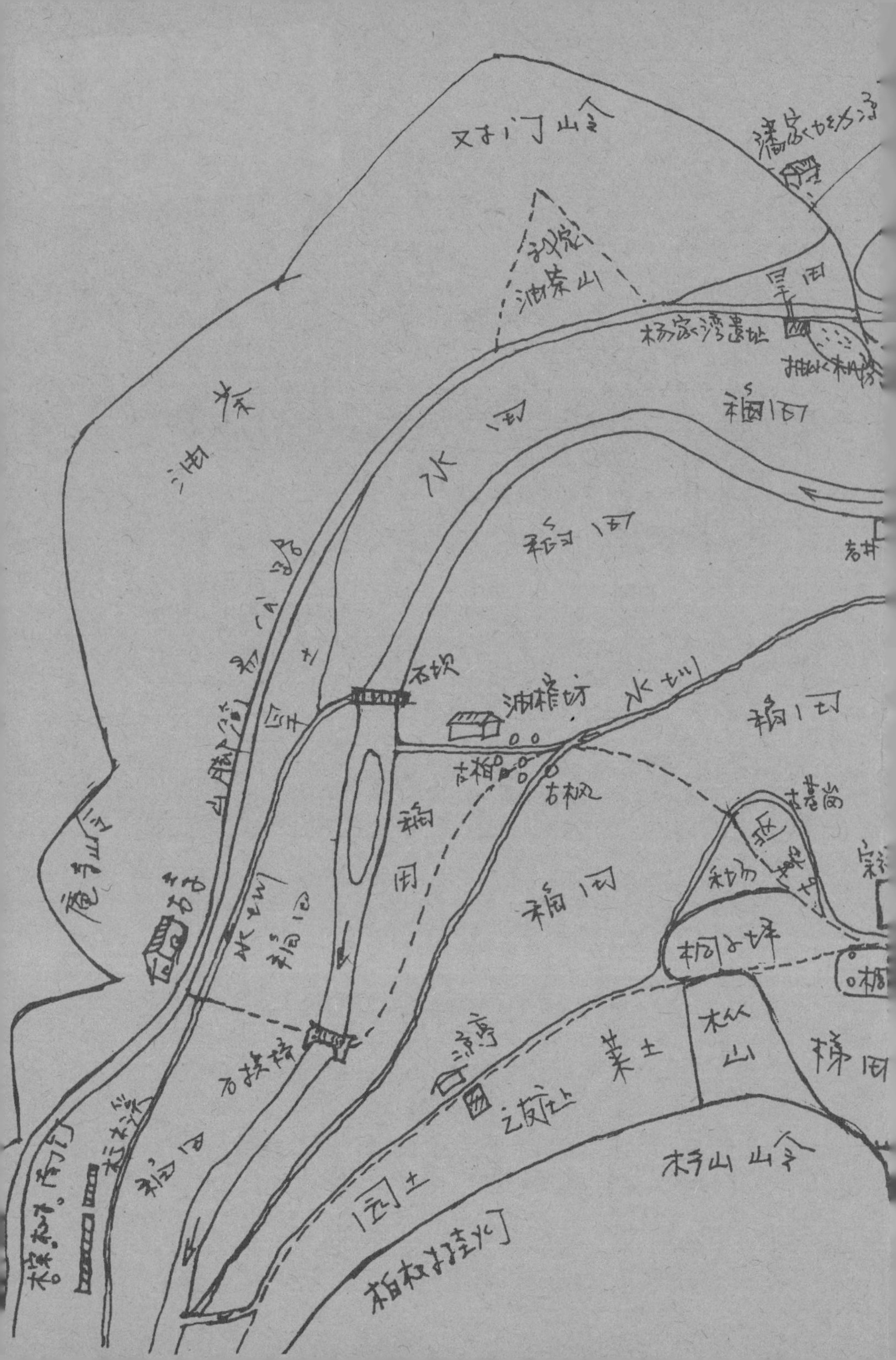

对门山岭
油茶山
油茶
旱田
杨家湾遗址
稻田
水田
旱土
石坝
油榨坊
水圳
古樟
古枫
桐子坪
松山
菜土
梯田
凉亭
古拱桥
杉山岭
园土

中国乡存丛书

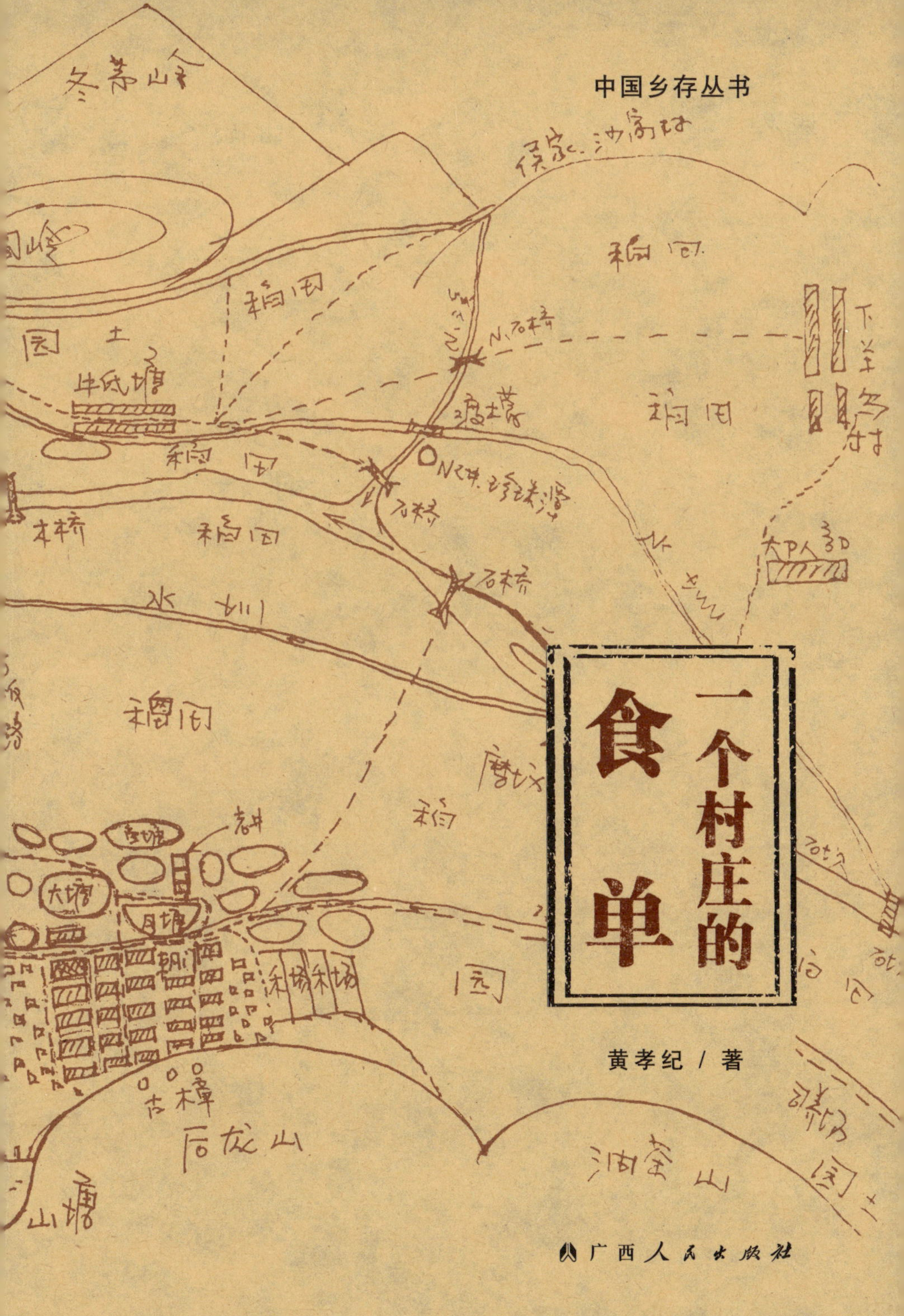

一个村庄的食单

黄孝纪 / 著

广西人民出版社

自序二：粗茶淡饭的乡村日子

◎ 黄孝纪

行年半百，自十八岁通过高考而离开乡村，在或近或远的城市学习和谋生已三十余年，吃过的饭菜也可谓多矣。只是许多时候，我总爱不自觉地将吃在嘴里的滋味，跟残存在记忆深处的旧时故乡经验对比一番，终究还是觉得旧时故乡的粗糙饮食味道更好，便有一缕乡愁暗暗升起。

我的故乡八公分村在湘南山区，在我的童年和少年时代，这里还十分闭塞，交通不便。亦因此，这个上百户人家的村子，日常饮食所涉及的种种食材，几乎都是出自故乡自身的这方土地。那个时候，村庄除了种植稻米、红薯这两种主粮外，小麦、高粱、穇子、花生、豆子等杂粮也多，园土里的白菜、萝卜、辣椒、茄子、南瓜、冬瓜等四时菜蔬，品种就更加丰富。至于荤腥，猪是家家户户都养的，喂的是猪草和谷物，猪仔养到出栏宰杀需要一年多时间，完全有一个自然成长的过程；鸡、鸭、鹅的养殖也很普遍，它们完全是处于一种散养状态，活力十足；村前的池塘众多，平素都养了草鱼、鲢鱼、鳙鱼、鲤鱼等家鱼，池水来自溪流或山泉，碧波荡漾；而在广阔的稻田，深水的江流和溪圳，野生的黄鳝、泥鳅、鲫鱼、田螺、虾子、螃蟹等也十分常见。在这样的环境中获取的食材，以如今的眼光看来，无疑是绿色无污染的。而在那时，村人的脑海里尚没有食材污染的概念，这一切食材的取得全是顺应着天道自然。

那时候，故乡人家的炊具也简单。煮饭用鼎罐，蒸饭用木甑或瓦钵。煮菜用的是小铁锅，配有木盖和长柄菜勺。这只小铁锅，也常用来炒豌豆、黄豆、花生、瓜子之类的应季土产，在夏秋晴好的日子，还会用来做烫皮。另有一只大铁锅用来烧水泡茶，蒸木甑饭、焖红薯、焖芋头、蒸馒头、蒸饺粑、做米豆腐也都离不开它。调味品也只有简单的几样：盐、辣椒灰、土酱油以及葱、蒜、香芹和姜。油则用的是自家熬的猪板油和打榨的茶油。一年中，绝大多数日子，灶里烧的是柴火，只有到了寒冬季节，才烧煤炭。我的童年和少年时代，就是吃着母亲用这些天然的食材和简单的炊具烹制出来的粗糙却喷香的饭食、菜肴、点心、茶饮度过的。若是将这诸多的饮食分门别类列出一份食单，数量定然蔚为可观。

1969 年，我出生，在家中排行最小，上面三个姐姐，是家中唯一的男孩。我自小就有一副天生的好胃口，出生不久，就因爱吃饭，得了个“鼎罐”的小名。在故乡，我的这个小名是人所共知的，除了我的父母、姐姐和老师，几乎所有人都这么称呼我，直到我成年后离开故乡。严格说来，我不曾经历过饥荒，虽然曾有很长的岁月，村里不少人家每到了农历四五月青黄不接之时就需要借米借谷，我家也不例外。只是在这样的日子里，餐餐吃土豆煮腌菜汤果腹，让我很是厌烦，也愈发怀念诱人的米饭。好在缺粮的日子毕竟短暂，待小麦和早稻收割，肚中温饱便有了保证。以后随着分田到户，杂交水稻的推广，农田广泛增产增收，谷廒满仓、家有余粮、常年有饭吃的农耕盛况，终得实现。

仓廪实而知礼节。有了余粮的故乡人家，每逢四时八节，亲戚邻里之间多有礼尚往来，日子纵然简朴，却也过得有滋有味。而对于主妇们来说，制作各种风味小吃，展现手艺，更是有了物质保证。那时候，村子里有不少碓屋，里面安装有将谷物捣成粉末的青石臼及配套装置，尽管原始而粗犷，用起来却也十分方便。一年四季，尤其是遇着节日或家中有喜庆，常有村妇端着浸泡过的粘米、糯米或高粱，带着簸箕、粉筛等一应什物，来这里耐心地捣粉、筛粉，以制作诸如米饺粑、高粱饺粑、斋粑、兰花根、套环、花片等种种美食。村子里有专门制作豆腐、打糖的老工匠，他们的传统技艺让村人的生活更加丰富而多味。

喜爱喝茶、饮酒是故乡人的风习。村里人家，差不多都有喝早茶的习惯。在我们家，这种喝早茶的风气尤烈。每天早上起来，母亲第一件事就是生火烧水，涮壶泡茶。自然，茶叶也是母亲自己采制的，且品种多样，有正茶、枫树叶茶、山苍子茶、金银花茶、野菊花茶，全是来自故乡的山野林间。泡茶的铜茶壶造型精美，也是由乡村匠人手工打造，差不多是家里最贵重的器皿。佐茶的茶点，或简或繁，因四时而异，冬春的焖红薯、腌咸菜，夏秋的煨烫皮、炒花生，全是自家物产。热茶香浓，一家人围坐而喝，而嚼，呼呼作响，津津有味。酒则是男子的杯中爱物，多为自家所酿。故乡人家日常所饮白酒，基本上都是红薯烧酒。到了临近过年的日子，各家则会酿糯米酒，或者用糯米酒液与红薯烧酒及米汤，共同勾兑成一种名为胡子酒的混合酒。这种酒香甜，好入口，能不知不觉让人喝醉，在劝酒风气浓烈的春节期间，是宴席上待客的必备佳酿。

时光推移，世事演进。随着工业化时代的来临，传统农耕的乡村也发生了深刻的变化。故乡的农民不再局限于土地上的耕种，进城务工成了大势所趋。耕种的收益既已低于进城务工所得，一些土地的抛荒就在所难免。影响所及，故乡的耕牛少了，养猪的人家少了，甚至鸡鸭鹅都少有养殖了。缺少了这些家畜家禽，供给农田园土的有机肥也就少了，土地不及先前肥沃，地力变得贫瘠，即便是维持耕种，也多是依赖着农药与化肥。对于饮食而言，原先丰富的野生水生食材少了，谷物和菜蔬的品种少了，各种肉食又主要依靠从市场购买而来，且多来源于速生饲养场。以这样有限且品质降低了不少的食材制作的一日三餐，难怪故乡人们又反过来，常勾起对以往良好生态环境及绿色无污染食品的怀念。

再说，随着我们父辈们的逐渐逝去，随着那些磨坊、碓屋、榨油坊、豆腐坊的倒塌折毁，许多传统食品的制作技艺和用具也随之消亡。那些曾经的美好味道，已经难以重现。即便模拟，也终究不及原先的地道风味。

民以食为天。中国的饮食文化源远流长，《周礼·天官》记载，周代贵族的膳食，分为食、膳、馐、饮四个主要部类，食为谷物所做的饭食，膳为肉制的菜肴，馐是粮食加工精制的点心，饮为酒浆之类的饮品。自古以来，各种文献记载的美味佳肴不可胜数，这其中又以记载帝王将相及官宦富商人家的精美饮食为多。而真正将乡村饮食作为中华饮食文明的一个重要组成部分，进行系统考察并详细记述的，并不多见。其实，一定历史时期的乡村饮食史，更能真切反映当时社会生活的现实状况。

那么，就让这本小书做一个专门的尝试，以我的故乡为一个点，截取二十世纪七十年代初到九十年代初的二十余年时间，陈列出一道道简朴的食材，细述一个个粗茶淡饭的乡村日子，为故乡的饮食立传，留下那段真实的生活，记住那片难忘的乡愁。

2019年11月18日写于义乌

目录

第一辑　食

第二辑　膳（上篇）

第三辑　膳（下篇）

第四辑 馐（上篇）

第五辑　馐（下篇）

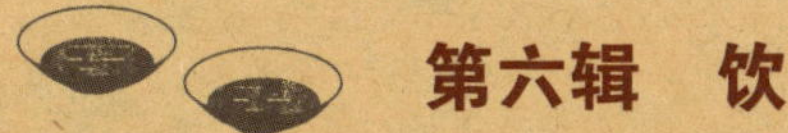

第六辑　饮

第一辑

食

鼎罐饭

我这辈子注定与鼎罐有缘，才刚出生，就得了个“鼎罐”的外号。

母亲告诉我，我大概是 1969 年农历二月初十子时生的。那时，在湘南山区八公分村这样一个青砖黑瓦的偏僻村庄，大概不会有哪家阔气得有一个时钟，因此，我究竟是哪个时辰来到这个世界的，母亲也拿不准。她只是一遍一遍地说过，是初九的那个半夜里，鸡叫了头遍，估计是子时了。后来母亲给我算过许多回八字，请算命先生定时辰，也是子时。如此，我的生辰八字就这样定了下来。

我的饭量大得惊人，是母亲说给我听的。在襁褓里，我就爱吃饭，母亲一口口喂给我吃，我张着贪婪的嘴，像饥饿的黄口乳燕。同住一个大厅屋的对门老奶奶，是我的接生婆，笑呵呵地抱着我说："这个蠢子啊，怕吃得完一鼎罐饭哩！"老奶奶这金口一开，我从此就有了"鼎罐"的小名。村里的鼎罐多，可唯独我一人被冠以这个称呼，男女老幼，无不这样叫我。

在我的童年和少年时期，村里家家户户都有鼎罐，大的、小的，好的、破的，一律黑乎乎的。有的鼎罐，上面有固定的鼎罐桥，用来在灶口提上提下；有的则是在鼎罐的两侧耳孔里穿上铁丝做提手；也有的人家，将一口没有提手的鼎罐埋在灶面下，里面斜通一孔，连接灶膛，用来温水。

鼎罐煮饭，曾是村人日常三餐最主要的方式，我家自然也不例外。记忆中，我家煮饭是一个小鼎罐，带铁丝耳的，底呈锥形，上面是一块小圆铁盖。母亲煮饭时，先洗净鼎罐，用竹勺从瓦水缸里舀水添上，置于灶口，而后用手捞盆里淘过的白米，放进鼎罐，盖上盖子。那时，村人的燃料，主要是柴火，烧炭的时候少，且多在寒冬。其实，对于鼎罐煮饭来说，炭火大，火温恒定，反而不好，易烧焦，锅巴又厚又黑，米饭变黄。倒是柴火煮鼎罐饭，成为佳配。初时猛火烧煮，火舌熊熊，从灶口周围窜出，舔着罐体。不久，鼎罐水沸，咕咕有声，渐有热气从铁盖下冒出，带着白色的米沫，屋子里顿时有了一股米饭的香气。这时候，柴火要烧得小一点，若是米沫不断溢出来，则需赶紧

揭开盖子，任其热气上冲，待饭水略略平息，方重新盖上。之后，柴火越烧越小。及至饭水收干，停火煨焐。这样煮出来的饭，白白亮亮，松松软软，锅巴少而偏金黄，十分清香可口。

鼎罐饭宜适量煮，最好是三餐三煮，趁热吃。若是剩饭，则味道要差很多。剩饭也不甚好炒，炒时满锅黏附。尤其是盛夏，隔夜的鼎罐饭易馊。不过，在我的童年里，纵是馊了的隔夜饭，母亲也不轻易拿去喂猪。有时她用滚烫的茶水洗一洗，自己吃了；有时则是洗后晒干，成了干饭粒。干饭粒坚硬如铁，干锅炒成焦黄，喷香，能当农家夏日的茶点。

小鼎罐轻巧，霜降后摘油茶时，村人多提了上山煮饭。干柴山上有的是，灶则往泥土里挖一小坑即成，煮饭的水自然是山间溪涧的泉水。每当晴朗的中午，绿色的油茶林里，但见炊烟袅袅，升腾于各处山峦之间。在山上吃饭的菜肴，则多是一大早各家自备的腌剁辣椒煮干鱼块，美味可口。摘油茶是故乡农人一年里的大事，也是非常辛苦的力气活，在生产队的时候，每年霜降前就会放干深水池塘，各家将分到的大草鱼、大鲢鱼斩块烘干，油光红亮，专是对这件繁重农活的犒赏。后来分山到户，这个风俗沿袭了下来。

在我们家，煮饭、泡茶、烧水，常通用一口鼎罐。久了，鼎罐底难免会有小漏洞。不过，那时村口常来补锅、补鼎罐的游乡匠人，拿了去，一番叮叮当当地敲打，几粒浓稠红热的铁水丸子，补补擦擦，又能使用如初。

1980年代，乡村的大地上，曾风行着铝制的日常用品，诸如脸盆、水桶、烧水煮饭的锅子等，色泽白亮，轻巧光滑，耐摔打而不破，深为村人喜爱。在我的故乡，这种时新的金属材质，村人形象地称作冰铁。这些器具名称前面，均冠以“冰铁”二字，叫作冰铁脸盆、冰铁水桶、冰铁鼎罐……

与传统的铁鼎罐不同，冰铁鼎罐是平底，圆筒状，罐身上下一样大，平盖的中央是一个黑而圆的小巧塑料提手。冰铁鼎罐壁薄，导热性好，烧水很快就沸。正因如此，用来煮饭却不甚好，容易烧煳，结一层厚厚的黑锅巴，煮出来的饭也远没铁鼎罐饭香。

那时，我们姐弟个子已高，饭量也大，一家五口用原来那个黑色的小铁鼎罐煮饭，有时已经不够，尤其来了客人就更是如此。于是，母亲买了一只大的冰铁脸盆来蒸饭。脸盆蒸饭除了最大幅度保持了米的原汁原味之外，别的好处亦是多多。一则蒸米的数量灵活，来客人了，可多蒸一点，平素也可将一家人一日三餐所吃的一次性蒸出来；二则

脸盆是放在大水锅里蒸饭，饭粒松软白亮，绝无锅巴；再说蒸饭之时，脸盆的周边水里，可放一些红薯、芋头、面薯之类一同蒸煮，饭蒸好了，这些东西也熟了。

20岁那年，我中专毕业，二姐和三姐也相继出嫁了。平日家中只有父母二人，那只乌黑的小铁鼎罐又派上了用场。有时我回到家中，喜爱掌火煮鼎罐饭，与父母一同享用。如今许多年过去了，我仿佛还能闻到旧时的鼎罐饭香。而我童年和少年时代尤为反感的小名“鼎罐”，也随着我年龄的增长，变得顺耳，偶尔从恰巧遇见的老婶老叔堆满笑意的口中叫出来，竟然是那样的动听又亲切！

甑蒸饭

故乡有句俗话，“猫公给狗扳了甑”，其意是说，猫公想吃甑里的饭，好不容易将甑扳倒了，狗赶来了，猫公吓走了，白忙活了一场。

旧时的故乡，甑是寻常之物，家家户户都有，杉木板做成，状如无底的圆桶，下端较上端略小，上口外侧两边各有提手。甑用来蒸饭，与之相配的物件除甑盖外，有形状如同清代官员斗笠帽的甑箅，有捞箕，有筲箕。后三者都是篾丝织就，轻巧又透气透水。

相比鼎罐煮饭，甑蒸饭要费事得多。蒸一甑饭，先得用大水锅烧

大半锅水，倒入淘洗干净的几升米，猛火烧煮至米粒半熟。而后将这夹生饭捞出来，放在筲箕滗干水分。锅里剩下的米汤和少许饭粒，可继续熬煮成稀饭，我们俗称甘沫（方言读音）。稀饭熬煮好了，以盆钵盛装。蒸饭的时候，水锅重新清洗干净，舀上水，端了洗净的木甑竖置锅中央，甑内塞入甑箅，箅顶子朝上。待水中热气自甑内上冒，方才端了筲箕，一手执饭勺，将夹生饭松松散散扒入甑里，平整表面，盖上甑盖。甑蒸饭用时颇久，火大水沸，咕咕嘟嘟，一直要等到浓浓的热气透过厚厚的饭层，自甑盖下不停地冒出，饭粒爆裂膨胀开来，才算蒸好。甑蒸饭松软，粒粒可数，洁白如玉，十分好吃。

故乡人家，做甑蒸饭通常在两个时段。一是盛夏“双抢”时节，一大早蒸一甑饭，供一日三餐。稀饭作为饭前饭后的零餐，随时可食。尤其是烈日下做事回来，口干肚饿，先吃下两碗凉稀饭恢复体力。再就是烧炭火的严冬，闲来无事，蒸一甑饭，米汤里加入剁成拇指节粗的红薯方墩，熬煮成红薯稀饭，可饱肚，节省米饭。其他的日子，家中置办酒席时，吃饭的人多，必定是做甑蒸饭。

村人说，甑蒸饭没鼎罐饭有营养，原因是营养成分都到米汤里去了，故而甑蒸饭不耐吃。确实如此，每当家里做甑蒸饭时，我总要多吃上一两碗。要是有点好菜，比如腌红剁辣椒炒蛋之类，则呼噜呼噜吃得更多，肚皮圆鼓，舒坦快慰。

甑蒸饭干爽，即便是酷暑也不易馊。隔夜的剩饭，倒出来，摊开在筲箕里晾着，第二天照样可吃。这饭炒食也好，依然粒粒可数。少小时我上学前，或者放学回来，常要母亲炒油盐饭给我吃。母亲烧了柴火，往菜锅里先放一调羹猪油化开，撒少许盐，再倒入冷饭翻炒，立时香味就出来了，饭粒上沾满了油光。吃油盐饭，我通常是不需要菜的，要是母亲能打一枚鸡蛋，切几茎葱丝，同炒，就更妙了，可惜这样的机会很少。

小时候在酒席场中吃饭，规矩颇多。父母常告诫，坐要有坐相，吃要有吃相，要尊重年长者。入席时，要坐边席下首。夹菜时要让长者先夹，且只能夹菜碗自己这一边，不能满碗翻钻。长者吃完酒了，要赶紧帮着去甑里装饭；长者吃完饭了，得赶紧去倒茶；如此等等。

不过，母亲也私下传授过我一个吃甑蒸饭的绝招。在桌数众多的大宴席上，坐时尽量离甑近一点，第一碗饭可少装一点，赶紧吃，等吃第二碗时，满满装一碗大的，按紧实，起了堆子。否则的话，等你想吃第二碗时，饭已被别人装得只剩甑箅底了。我谨遵教诲，屡试不爽。现在想来，在那个温饱尚未解决的年代，能够饱餐一顿是多么的重要啊!

如今的故乡人家，昔日灶屋里那种能烧柴、烧炭的老式砖灶早已淘汰拆除了，一个煤气罐和一只简易的煤气灶取而代之，村人既没有用鼎罐煮饭的，更少有用木甑蒸饭了，平素的日子，绝大多数家庭都是用电饭煲煮饭，用煤气灶炒菜。唯有在红白两喜的重大日子，村族公用的那些尘封已久的大木甑，才会在宗祠旁边一间专门砌了一排大砖灶做厨的公用旧瓦房里派上用场，出席酒席的人也才能够再次吃到疏松干爽的甑蒸饭。

钵子饭

钵子饭总是与大集体联系在一起，比如生产队，比如学校。我能记得的最早吃到的钵子饭，是在1970年代初，那时我还很小，未到上学的年纪。那是一个晴好的天气，我独自坐在村前水圳上一块当作桥板的青石上玩耍，板下是清浅的流水。水圳的外侧是一条青石板路和一口大池塘，里侧是我们生产队队部，一间不算太宽大的砖瓦房，这块石桥板就架在队部的门口。其时，门是打开的，我的母亲和几个人正在忙碌，屋里热气弥漫，饭菜香味袅绕。这里正当作生产队的厨房，一排大灶锅上，大铁锅里一屉屉的钵子饭已然蒸好，他们正拣出来，放进地上的箩筐，连同那一大盆一大盆煮好的萝卜丝，将要挑往修水库的工地。我出神地看着，不言不语。母亲突然端了一钵热饭，划出一半，夹了些萝卜丝，朝那些人笑笑，说了几句，匆匆走到门口，推到我面前，低声说："快吃！"我张大嘴巴，任凭母亲的筷子往里填塞，囫囵吞咽，最后连汤脚都不剩。母亲嘴角浅浅一笑。

这些粗糙的钵子，焦紫色，多砂眼，平底，筒状，三四寸高，托在手掌上很沉。它们是乡间的陶瓷土窑烧制的，形状并不十分规整。在距离我们村五六里路的地方，就有一个叫窑上的村子，自古以来就专门生产乡村日常所用的坛坛罐罐等各种粗陶。

我上小学的时候，我们村的学校，只有一年级和二年级。到了三年级，就要到两里外的邻村羊乌学校去上学。那里老师较多，学校有一个小食堂，专给老师蒸饭煮菜。做厨的老工友是我们村的一名单身汉，厚道老实，沉默少言。在严寒的雨雪天气，学校的食堂在蒸饭的时候，往往会加几个笼屉，用来给学生搭火热饭。有时，我们早上从家里带一搪瓷口杯饭菜，放在食堂里，到了中午下课吃饭，就去自取，热乎乎的。

老师们的饭，是新鲜的钵子饭，菜是现炒现煮，一人一份，香喷喷的，曾让我们咽下过好多口水。不过有一次，我竟然吃到了老师的饭菜。那是一个夏日，中午刚下课，我出了教室，从旁边的木戏台跑过的时候，一颗大铁钉扎进了我光脚板的趾丫处，一时血肉模糊，痛得我坐

在台上大哭。几个同学赶忙告诉了我的数学老师黄国忠。年轻的黄老师跑来，将我抱到办公室，坐在他的椅子上，又打来水给我清洗伤口。吃饭的时候，黄老师端来了他的那钵蒸钵子饭，一份韭菜炒蛋，放在我面前的办公桌上让我吃。我接过筷子，一面抽噎，一面吃，脚板一阵阵钻心地痛。那饭菜的味道，终生难忘。

上中学后，吃钵子饭的日子就多了。我初中三年，读了三个学校，第一年是在羊乌学校，那时办了初一的附中；初二时到离家十里外的洋塘中学；初三那年，我家隔壁邻居黄湘德老师从耒阳师范毕业后，分配到邻乡的高亭中学任教，那时恰好担任初三的班主任，母亲把我转学到黄老师的班上，以便接受更好的管教。从初二开始，我就住校，每月从家里挑米交到学校食堂，领取饭票。吃饭时，拿一个搪瓷碗，在食堂窗口外排队。轮到自己了，将碗伸进窗口，里面的师傅从笼屉里端一钵饭，拿一根筷子沿着钵子边划一圈，一团又圆又白的钵子饭就落入碗中。尽管食堂也向学生卖菜，红辣辣的水豆腐、辣椒炒肉、白菜煮油豆腐……一大盆一大盆的，可对于我来说，那是无法企及的奢望，只能匆匆瞥过，饱饱眼福。每次打了饭，端回宿舍，我从板箱里拿出从家里带来的腌菜瓶子，掏腌菜拌饭。

这样的钵子饭，我一直吃到高中毕业。后来想吃，也无处可吃了。

那些散布在城镇街市，崇尚怀旧、崇尚返璞归真的主题饭庄，不知现在是否还有这种钵子饭吃？估计没有了吧。纵有，大约也是些精致的陶钵了。

糯米饭

同粘米一样，糯米也曾是故乡水田里每年种植的一种稻米。相比而言，粘米产量高，质地偏硬，适合日常三餐，故种植面积占了绝大多数。糯米油润软滑，但产量太低，种植面积自然很少。再说，同样重量的稻谷，粘米的出米率大约七成，糯米顶多五成，原因是糯米谷壳更粗厚。因此，在乡村，糯米曾是很贵重的东西，平常日子是不轻易煮糯米饭吃的。尤其是在生产队时期，一般家庭每年才分到几十斤糯米谷，那一点点糯米，只有在特定的节日和制作必要的乡村美食之时，才舍得用上。分田到户之后，随着生产积极性的

提高，杂交水稻的推广，稻田连年增产，农家收获的糯米谷也多了起来。

在故乡，昔日种植的糯米有两种。其一是常规糯，也叫早熟糯米，它的成熟期比粘米要早一个星期左右，且谷粒圆润而短，产量也低；其二是籼糯，也叫迟熟糯米，成熟期较粘米晚，要等到割了粘米稻数天后才收割，谷粒也较粘米要长。籼糯的产量比常规糯要高，却容易倒伏。

糯米稻的播种与粘米稻同时。般而言，每户人家播三五斤糯谷，在秧塘里留一截，与粘米种区分开来。稻秧渐长，两者的形态差异也愈发明显。糯谷秧更高，秆茎略细，叶片修长柔软，色泽更深，整体看来，与稗草相仿。栽插的时候，有的人家将糯谷秧专门插一块单独的小田。若与粘谷同插一块大田，其实也无妨，分片隔开就行。在插双季稻的岁月里，村人大多只插早稻一季糯谷，满足自家一年之需即可。

糯米产量少，多油脂，在村人看来，曾是珍贵物产。在温饱尚未解决的年代，普通的农家，日常生活里很少能吃到猪肉，久了就肚子荒得很。一些老人和有病在身的人，往往荒得流清口水。这时候，拿两片黄糖融化水中，蒸一大钵糖糯米饭，或者买半斤猪肉剁碎了，放了盐，煮一鼎罐肉糯米饭，就是解荒解馋的良方。记忆中母亲曾做过这样的美味，可惜太稀罕了。

一年中，故乡人家吃糯米饭的日子极少。不过，在农历四月初八那天，家家户户都会煮糯米饭，吃糯米饭。这是一个传统的节日，甚至可以说是真正具有中国乡土特色的儿童节。这一天，村里所有的孩子，都会得到母亲煮的红蛋，或用红网兜装了，挂在衣扣眼上，或装在衣服口袋里，高兴得手舞足蹈，相互间攀比蛋的大小与壳之坚硬，笑开了花。每家的菜肴，定然也离不开葱花煎蛋。据说这一天孩子们吃了蛋，胆子就更大，过村前江上的高高木桥，就不害怕了。

这一天的糯米饭，村人多是用铁鼎罐来煮，淘米时，往鼎罐的煮饭水里略加盐少许，放一大调羹猪油。这样用柴火烧煮好的糯米饭，白白软软，油润光洁，有盐味，更香，俗称油盐糯米饭。也有

的人家，会从村后的山上摘来一把乌饭子的嫩叶，揉搓出乌黑的叶汁，掺进淘米水里浸泡糯米，煮出一鼎罐香气浓郁又别具风味的乌米糯饭。

乡村还有诸多美味食品的制作，也同样离不开糯米和糯米饭，比如蒸糯米甜酒、包粽子、捣糍粑。中秋节捣糍粑是故乡的风俗，用木甑蒸一甑糯米饭，趁热在石臼里捣烂，经过一番揉搓和拍打，做出一个个圆月状的白板糍粑，或者包了红糖，做成半月状的糖糍粑，趁着温热吃，软糯筋道，十分香甜。此外，做烫皮、蒸软米粑……过年时做兰花根、花片等油炸年货，都需要在粘米里面掺和适量的糯米。

记忆中，父母在世的时候，每年除夕的年夜饭和大年初一的早饭，在年尾、年头的这两个重要时刻，桌上的佳肴里，必定有一碗母亲做的酿豆腐。酿豆腐是用自家新茶油炸的油豆腐，划开一道口子，塞满拌和了盐、辣椒灰、葱丝、肉末的糯米饭团，鼓鼓囊囊的，里白外黄，大如拳头，象征着圆满。做菜时，以大碗盛装，堆得高高的，蒸热即可，食之口齿留香。

甘沫

永兴是一个多方言的湘南山区大县。宽阔的便江蜿蜒着，从西北流向东南，穿过县城，将永兴大地分隔成一大一小的两块。习惯上，小的一块称为江左，大的称江右。一江两隔，方言和饮食习俗也多有不同。江右的人，一年四季爱喝稀饭，饭前饭后都喝，清清淡淡的，能照得见人影，他们管稀饭叫粥；江左的人，距离江岸越远，越不爱喝稀饭，一年中喝稀饭的日子很少，且稠得能用筷子挑着，方言叫作甘沫（方言读音）。熬稀饭，江左则叫搞甘沫。

我的故乡八公分村，就在江左一个偏远的不怎么吃甘沫的地方。

记忆里，母亲搞甘沫多在盛夏。这时候，天气炎热，出汗多，易干渴。从野外干活回来，一家人先各自吃两碗冷甘沫，既舒坦，又饱腹。白米甘沫通常有两种做法：量一筒管米，先到碓屋的青石臼里略略捣碎，再下锅熬煮，这样就能熬得更烂更稠；或者在做甑蒸饭之前，将大水锅里熬的半生米粒不全捞出来，留少许继续熬煮，熬出一层黏稠的米油浮在上面方罢。这样熬好的甘沫，凉后几乎看不出汤水，我们装在饭碗里，用筷子挑起或扒着吃。吃甘沫时多就腌菜，腌辣椒、腌萝卜、酸豆角……喝得呼呼响，嚼得嘣嘣脆，挺香！

三伏酷暑，绿豆有清热解毒之功效，搞甘沫时，有的时候也放进少量绿豆，就成了绿豆甘沫。

天气转凉，吃甘沫多尿，村中很少有人家再搞甘沫。不过在冬闲的日子，另有两种甘沫倒是偶尔也能吃到。这时节，土里的红薯已经挖了多时，收藏在楼板上，水分干了许多，红薯皮起皱，味道更甜了。搞甘沫时，削几个白皮红薯，剁成小块，一同熬煮成糊，便是红薯甘沫。再一种是南瓜甘沫，取去皮切块的红南瓜与白米同熬，色泽鲜艳，味道甘甜。昔日村中妇女，在长冬里常三五成群聚于一家闲谈，做针线女红，兴致来了，搞一锅南瓜甘沫同吃，既消磨了时光，也浓了邻里乡情。

再有一种油菜甘沫，一年中只吃一回。农历正月二十五，是传统的祈雷日，村里风俗是吃油菜甘沫和肚子眼饺粑。据说当天不能去菜园给菜蔬浇粪，否则就是亵渎了雷公爷，那些菜也会变黑，像被雷击过一样。这一日，家家户户都很忙碌，搞甘沫的米要先炒至焦黄，而后到石臼里捣烂，再添些花生、芝麻、食盐，甚至切碎的油炸肉之类，一同在大锅里熬煮，油滋滋的，就是油菜甘沫。

不过，在搞油菜甘沫之前，村里人家通常浸泡了适量的粘米和糯米，捞出来沥干水后，端到碓屋里捣成米粉。在电动磨粉机进入村庄之前，碓屋一直是村人捣米粉的专用场所，地面下埋置了一口光滑的青石臼，通过脚力踩踏一套原始笨重的连杆系统，将石臼中的米粒捣成粉末，十分费时费力，可谓是慢工细活。在我们村庄，旧时的碓屋较多，每个房族至少会有一间，为本族各家共管共用。捣好筛好的米粉，细微如尘，在团箕里越积越厚，洁白如雪。端回家后，加热水揉搓成细长圆棒状，每掐一小团，拇指和食指一捏，就成了两面内凹的圆米粑，算盘子大，活像肚子眼，叫肚子眼饺粑。小时候母亲做肚子眼饺粑，我总会在旁边观看，觉得十分有趣。

油菜甘沫与肚子眼饺粑一同熬煮，煮好后，一大锅子，肚子眼饺粑软糯白亮，油菜甘沫焦煳黏稠，香喷喷的，味道浓郁，是这一天故乡人家当作正餐的美味。

读高中时，时常有江右的同学故意装着我们的腔调取笑：“甘沫，甘沫。”在他们看来，我们说的这话实在太土，远不及他们的“粥”字正规又好听。粥又如何？甘沫又怎样？孔明诸葛亮，一样的！

焖红薯

昔日的故乡，除稻米之外，红薯是最重要的粮食。若是没有红薯，该有多少人要挨饿，又有多少日子要挨饿啊！

故乡的红薯主要有两种：其一，白皮白心，这种红薯个大而长，多汁，甘甜松脆，能生吃；其二，红皮黄心，此薯多圆润如拳，质地粉硬。分田到户之后，村人种植尤以白皮薯居多。

挖红薯在深秋，通常的年份，我家要挖十几担。新挖的红薯，个大品相好的，大多挑到村后山脚的红薯窖里贮藏。家里灶屋的楼板上，也码放一些，随时取用。这所有的红薯当中，有五六担需用来酿红薯烧酒，供我父亲一年的饮用和待客。余下的，在冬春两季，多焖熟了吃，是一日三餐的主粮。

在半年的日子里，母亲会通盘考虑廒里的稻谷和窖里红薯的数量，筹谋每日所需，尽力做到细水长流，不至于断炊挨饿。具体的做法是，每日用大鼎罐或者大水锅焖一锅红薯，吃饭时先吃红薯，再吃饭，叫作吃盖皮饭，意即米饭在胃里盖在了红薯上面。这也差不多是那时村里人家的通行法则。

红薯洗净后，用菜刀削去两端的蒂和主根，以及破损或虫蛀之处，堆集锅内，添上水，盖上锅盖，大火焖蒸。若是用水锅焖红薯，木盖的周边，有时还搭上一圈抹布或洗脸帕，以阻止蒸汽外泄。焖红薯很费时，中途有时还需添水，或用筷子插入大个的红薯中，探测生熟的程度。要是有疏忽，锅里的水会烧干，透出一股焦煳的气味来。焖熟的热红薯，表皮爆裂开来，软软糯糯，香味浓郁。热红薯烫手，我们常用饭碗装着，用筷子一块块夹烂了吃。

相比而言，在灶屋楼板上因烟熏火燎而风干的红薯水分少，更甜，焖蒸时能在锅底结一层浓稠酱黄的薯糖。只是这样也便宜了老鼠们，白天夜里，楼板上时常有老鼠嚯嚯跑过，犹如赛马场。红薯经常被啃烂，拖得这里一个，那里一个，令人徒有愤怒。

记得在寒冷的冬夜，一家人关了门窗，于灯下围灶而坐，说些淡话。灶火上，焖红薯的热气自锅盖下窜出来，弥漫整间逼仄的灶屋。红薯焖好了，焖干水了，待母亲全部拣进笼罩后，我们用瓦调羹，挑那黏稠的红薯糖吃，甜腻中带着一股焦煳味道。

夜里焖好的红薯，母亲必定会利用灶火的余烬烘烤。笼罩是篾丝织成的高大圆筒，中腰部位有一块圆形的篾垫。红薯铺放在篾垫上烘，到第二天早上，外表干爽起皱，十分可口。若是剥掉红薯皮来烘，烘成金黄色，看着就诱人，更好！

村里人家，向来有起床后喝早茶的习俗。我的母亲尤爱喝茶，且要喝浓茶，喝热茶。曾经无数个清早，母亲烧一炉柴火，泡了一铜壶新茶，热了水，煨了烫皮，插上灶桌长板（方言叫接手板），摆放碗筷、焖红薯、腌菜。我们也陆续起床，洗漱后围坐而食。喝茶，啃红薯，嚼咸菜，吃烫皮，大快朵颐，嚯嚯有声，不时说些轻言细语的家常。屋外的青石板巷子里，有人的杂沓脚步，有公鸡的冗长嘶鸣。

焖蒸的红薯固然好吃，软糯，甘甜。但作为主粮时，日日吃，餐餐吃，纵然是成人，也会吃出愁容来。红薯比不得米饭，吃多了会反胃，心里不舒服，村人把这种现象叫作“咬心”。于是发明了“盖皮饭”的吃法，每餐先尽量多吃红薯，而后再吃一点米饭，以便将“咬心”的不适感压下去。

有的时候，为调节口味，母亲也会煮红薯汤给我们吃。需选个大完好的白皮红薯，削皮，切成拇指节般的方墩，加盐，煮一大锅。煮熟的红薯墩子略呈淡黄色，汤汁清亮，微咸，又甜，趁热装了吃，呼呼噜噜，几碗就能吃饱。

煨红薯则更多是嘴馋的孩子们喜爱吃的。那时无论人的一日三餐，还是猪的一日三顿，多靠烧柴火。只是给猪煮潲，家家户户有一个专门的大灶，叫畹灶窝（方言读音），方方正正，上面的大圆洞嵌放一口大潲锅，里面的灶膛宽敞。这畹灶窝或在厅屋一角，或在屋外檐下，或在单独的杂屋里，天天煮潲都离不开它，比一砖略宽的灶门口，因长年烟熏火燎，已经乌黑。煮饭的灶台小，灶膛也小，煨红薯时，只能挑选个头略小的，用柴火灰和红亮的火子掩埋住。畹灶窝就不一样了，柴火子多，能同时煨几个大红薯。

灶膛里柴火熊熊，红亮的柴灰下，红薯被炙热灼烤。不多久，就有焦煳的诱人香味透出来。这样的时刻，我总是没什么耐心，不时用火钳或长火叉扒出来看看，按一下，硬硬的，又埋上。有时候，明明

外皮已煨烤得焦黑如炭了，剥开来，内心还是没有熟透。煨熟的大红薯，烫烫的，像包子般糯软，内里金黄，浓香又好吃。

那时天天吃焖红薯，隔上三两天，又要焖一锅。那些吃剩的，家家户户的主妇们，就会用菜刀竖切成薄片，铺在笼罩里，利用三餐之余的灶火余烬烘干，做成红薯皮，也就是现在通常所称的红薯干。一个长冬下来，我母亲往往要装满四五个瓦瓮的红薯皮。

红薯皮能经久收藏不坏。有些糖分足的红薯皮，柔韧软糯，吃起来特甜；有的金黄透亮，半干半硬；有的生了一层白色的盐霜，味道更好；也有的坚硬如铁，啃咬不烂，尤以红皮黄心薯为甚。

来年开春之后，农事渐忙。村人到野外长时间干力气活，诸如挖土，背树，到山岭割草叶，挑担子赶圩……往往带上一些红薯皮，饿了随时可吃。

红薯皮蒸热了吃，是我母亲在夏日间的通常做法。炎日下干活回来，蒸一笼红薯皮，柔柔软软，温温热热，一家人喝着热茶，就着咸菜，也是人间至味。

土豆

春节前后，正是乡村一年中最喜庆祥和的时候，各种美食佳肴纷呈，村人辞年拜年，走亲访友，脸上挂满了笑容，村庄一派闲适欢乐的景象。

不过，在这段日子，有一件农活也得及时做好，那就是种土豆。种得早的人家，已在除夕前几天完成了；种得迟的人家，往往在大年初一之后的几天种完。这时节，挂在灶屋梁木钉子上的竹篮里，皱皮蔫蔫的土豆种已经长出嫩芽，急需种入园土。

土豆是一种易管理的农作物，种植前先在挖好的成行浅土坑里浇

上粪淤，种下后培土成垄。之后当它们长出了一丛丛的幼苗，每株留两三秆粗壮的，其余的摘掉。碧绿的土豆苗高约尺许时，再薅一次草，浇一次粪，培一次土，就任其自然生长结实了。

旧时故乡的农历三四月间，正是青黄不接之时。家家户户的谷廒，这时差不多吃空了。窖藏的红薯，也已经没有了。早稻刚插下去不久，稻田里绿绿的一片。菜园里的萝卜、白菜等先一年秋冬种下的菜蔬，都已老了，挖了，重新栽种了辣椒、茄子等夏季菜蔬。唯有阔叶的莙荙菜，尚留存着，是村人碗里的常菜。每年这个时候，村里借粮的人家就多了起来。那些主妇们，在三餐之前，常拿着瓜勺，或端着团箕，满村去借，走巷入户，再三再四，好话说尽，笑脸赔尽。巧妇难为无米之炊，做一个乡村人家的母亲，真是难啊！

好在这个时节，园土里的土豆能挖了，那大片大片的小麦，也快要黄熟。

在我的故乡，土豆俗称金子芋头。在我看来，这个方言里的名称倒是更形象生动，那一个个饱含淀粉的块根，或如圆珠，或如鸡蛋，或如猪腰，表皮光滑金黄，恰如金子。从这时候开始，在一段长长的日子里，煮土豆，就成了许多人家一日三餐的主食。

童年里，母亲煮土豆，往往连皮都不刨，洗净即可，大的切开，小的整个一股脑儿放入菜锅，加水清煮。油盐罐里如有油，就放点。要是没有，就光放点盐。这样一大锅子煮出来，我们当饭吃。

水煮的土豆粉粉泥泥，日日吃，餐餐吃，吃多了就恶心。记得我曾经很想吃饭，哭着，闹着，愁眉苦脸，可是没有。有时赌闷气不吃，久了，母亲就会发火：“你个死崽！要不要从我身上刮块肉煮给你吃！”我便泪眼零落，端起碗来吃。

土豆煮干腌菜，味道比前者要好。干腌菜是春天里将白菜、风菜等到了季节的菜蔬砍割后，剥了菜叶焯水后晒干而成，菜秆白亮，菜叶乌黑，一扎扎绑好，或藏或腌，以待夏日之需。干腌菜浸泡后，拧干切碎，与土豆同煮，我常专挑了干腌菜来吃，一碗一碗。

当小麦收割下来，磨成了粉，换作了面条，母亲煮土豆时，便有了新花样。比方说，土豆煮面，母亲待土豆快煮熟时，放一把面条进去，汤沸面香，糊糊涂涂。再有就是土豆煮麦子粑，母亲将面粉和上水，揉成面团，每掐一小团，手掌一握捏，投入汤中，如此反复。这样煮出来的一大锅，土豆金黄，麦子粑紫黑，泾渭分明，且那些疙瘩般的麦子粑上，布满了手指的深深印痕。自然，拣面条吃，拣麦子粑吃，又成了我的首选，相比之前的水煮土豆，已是难得的好饭菜。

多年以后，随着稻田的增产增收，村人的温饱基本无虞，全凭土豆果腹的日子也渐渐随风远逝。于我而言，童年落下的心理阴影一直不曾抹去，我的味觉对这种外形可爱的植物块根，大半辈子都深怀抗拒。但即便如此，对它在那饥馑的岁月给予我们的养育之恩，依然深怀感念！

麦面

在我的童年和少年时代，小麦也曾是故乡的重要粮食作物。成片的旱土和旱田，小麦与红薯轮作：农历四月间，小麦黄熟收割，翻土后，插下红薯藤；秋末冬初，地里挖了红薯，又点下麦种。它们轮番生长，结实，让土地四时不荒，养育着这湘南山区的一方村人。

春天里麦秆长得高高，绿油油的，能藏得住人。小时候，我们常提着竹篮，走进麦地扯猪草。叶儿尖尖的、叶片圆圆的，直立的、匍匐的、攀缘的，这里的各种猪草又嫩又干净，尤其是那些种麦的旱田，因为水分远比旱土要充裕，猪草长得更加丰茂。有一种猪草，尤为我们喜爱，俗称烂布筋，主茎中空外方，一节节攀附着麦秆生长，开枝散叶，叶片如绿色小米粒，每一株都显得高挑秀气，拔下来，干净又轻巧。

麦穗渐渐发黄成熟，割麦的日子已然临近，这是一年中村庄最早的一季粮食收成。打麦脱粒是一件很辛苦的力气活。这时候，天气晴热，割好的麦秆一大捆一大捆绑缚，挑回村，置于禾场上暴晒，麦穗朝天。到了傍晚，那些宽阔的禾场上，满是打麦人。打麦全靠人力，多使用一种叫作禾架的原始工具，由三根硬木制成，其中一根作为斜撑，另两根处于同一斜面，呈三棱锥状摆放在麦捆围绕的场地中央，斜面搁一块厚实的大青石板。打麦时，双手紧掐一扎麦秆的根部，以麦穗猛击石板，麦粒飞溅，散落一地。麦秆的碎屑，麦穗的芒刺，常燥得人浑身奇痒无比。

打下的麦子，筛去粗的杂质后，再用风车车干净，粒粒深赭细长。不过，对于吃惯米饭的村人来说，无论在生产队时期还是分田到户之后，所收的麦子，大多挑到十里外的公社（乡）粮站，换成稻谷。那时候，一百斤麦子能换一百斤米，或者换一百三十斤稻谷。对于养猪的农人来说，以麦子换稻谷自然更合算，因为碾米所得的糠能喂猪。

相比稻米的深加工制作出来的种种食品，村人对于麦子的吃法显然要简单多了。最粗糙的大概要算吃煮麦子。将刚从禾场上收下的麦子，直接放进鼎罐水煮。只是煮麦迥异于煮饭，麦粒再怎么煮，只是

略略膨胀一点而已，装在碗里依然粒粒可数，淡而无味，并不会像米饭一般粘连软糯。我曾吃过这样的煮麦，次数很少，多是在家中无米时的应急之举。这样吃难以消化，容易腹泻。这时节园土里的豌豆成熟，也有的人家，剥好的豌豆粒与麦粒同煮，味道要好稍许。

村庄江流的上游水坝边，曾有一座小院式的磨坊，靠水流冲击大轱辘旋转作为动力。有很多年，村人就在这里磨麦子。后来村里通了电，这里安装了机器，能做挂面。天晴的日子，院子中央的方形禾场上，摆满了木架和竹竿，挂着密密麻麻的挂面，垂长及地，宛如瀑布，面香弥漫。不时有附近的村人，肩挑手提，拿了麦子来磨粉，或换作面条。

煎麦子粑，是这段时间村妇们最爱做的。往往在中午干了农活回来，临时用水和了麦粉，加点盐和葱花，搅拌黏稠，烧了柴火，油煎成圆圆的大烫皮状，两面焦煳。这样煎上几张，而后切成小块，盛放盘中。一家人趁热香而吃，喝着茶，嚼着腌菜。

端午节这天，旧时村里的风俗是吃新麦馒头。馒头的形状有两种，一是圆润如拳，实心的；二是半月状，里面包了剁碎的红糖。一律用江边摘来的新鲜梧桐叶垫笼屉里蒸熟。这样的蒸馒头，色泽深暗，很是香甜。记得母亲蒸的馒头，要装满一个大筲箕，能吃上几天。一年之中，村人吃馒头的日子，仅此一回，令人念想。

家里的面条，那时是作为一道好菜，并不常吃的。来了客人，煮一海碗汤面，里面放一两个煎蛋，放一些切成长条的丝瓜，撒上红

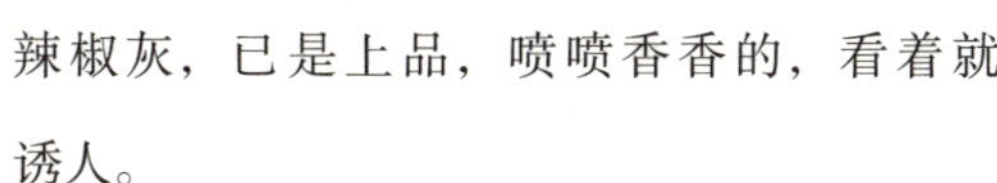

辣椒灰，已是上品，喷喷香香的，看着就诱人。

那个时候，我曾希望有这样一天，饱吃一顿喷香的面条。可是，搜寻我童年和少年的记忆，这样的场景似乎一直不曾出现。后来随着杂交水稻的推广，稻田粮食的连年丰收，故乡的温饱问题逐渐得到了解决，小麦也随之从故乡的土地上消失了。

第二辑

膳

（上篇）

猪脑壳

猪、牛、狗、猫，是旧时故乡常见的家畜。牛耕田，狗守家，猫抓鼠，此三者，村人极少食其肉。尤其是对待耕牛，人们常怀爱护感恩之心，它是农耕时代不可或缺的畜力，是集体和家庭的重大财产，是乡规民约严禁伤害、滥杀的。而家养的土狗，又是那样地通人性，如同家中一员，一般人家谁舍得杀而食之？再说村里也有一句俗话，叫“打狗散场”，是十分忌讳的。甚至连在正灶上煮狗肉，都被认为是对家神和灶王爷的亵渎。猫则因其吃鼠，不洁，村人更是连食之的念头都不会有。唯有猪，是村庄食单的主要肉食来源。村人平常说的吃肉，就是吃猪肉。

在我的童年和少年时代，村里差不多家家户户都养猪。那时的猪都是土猪，皮毛或白或黑或花，个头没有后来引进村庄的白洋猪高大。现在回想起来，还是旧时的土猪肉好吃，那个香啊，令人一生怀念。土猪生长缓慢，从出生到养大宰杀，要一年多的时间。土猪吃的是猪草、菜叶、红薯、米糠，正宗的绿色无污染食物。养一头土猪，要花费一个家庭无数的辛勤劳动：扯猪草，剁猪草，捡柴，煮潲，喂猪，垫猪栏，出猪栏淤……从年头忙到年尾。你说，这样按照农家土办法养出来的土猪，味道能不好吗？村人吃猪肉，从猪头到猪尾，从内脏到皮肉，一点都不会放过，能做出般般好吃的美味。只是土猪肉虽好，一年中却少有吃到的日子，不能不说是那时的遗憾。

农人养猪，付出长年累月的辛劳。猪回报农家，是种田作土的猪栏淤，是一条命，一身肉。土猪于农人，功莫大焉，善莫大焉！就是这样的猪，在日常口语中却成了愚蠢的代名词。村人骂人，常手指点点地吼："你这个猪！""你这个蠢猪！""你这个猪脑壳！"猪脑壳就是猪头，长筒状的鼻子，比巴掌还大的耳朵，两眼如缝，满头满脸的褶皱，嘴尖毛长。

小时候，家里过年杀猪，或者邻居家杀猪，我总爱站在旁边观看。大肥猪死后，屠户和捉猪尾巴的帮手，用力从地上提起，将它从猪栏边抬到房屋的石板巷子里，横搁在两只紧挨着的木脚盆上，猪脑壳和前脚耷拉在一只盆里，猪屁股、猪尾巴和后脚落在另一只盆里，中间

的腰身压着盆壁，略成弓形。接下来便是烫毛刮毛，这时候，厅屋一角原本煮潲的大铁锅里，已经用柴火烧了一大锅沸水，屠户提了铜茶壶，从锅里打了一壶壶的沸水，从猪脑壳开始，逐一淋烫，不时用另一只手拔扯一下猪毛，看看皮毛烫的程度，整头大猪，如同洗了一个热水澡。上侧的猪毛烫好了，屠户和帮手一人拿一个乌黑的铁刮子，哗啦哗啦在猪身上刮毛，刮得猪身白白净净。最难刮毛的地方自然是猪脑壳，皱褶多，沟沟坎坎的，难以刮净，差不多就行了。翻转猪身，再烫，再刮，毛皮污水飞溅，嚯嚯有声。

上架剖边，开膛破肚，猪尾巴朝上，猪脑壳朝下，白晃晃的大猪悬挂在窗边的木架上，四脚伸张，状如受刑。猪尾巴割下来，猪内脏摘下来，猪板油撕下来，屠户的尖刀和血手在敞开的腹腔里灵活自如。那些残余的瘀血，一块块不时从张开的猪嘴里掉出来，落在紧挨着的石板上，一摊殷红，冷不防被几只饿狗舔抢一光。猪身剖边时，最难砍开的是猪脑壳，屠户的大砍刀砍得咔咔响，砍得木架子都一颤一抖的，砍得屠户的嘴巴也一张一合，发出一声声用力的“嘿，嘿……”

剖好边的猪肉，从架子上取下来，摆放在案桌上，屠户通常会将两边猪脑壳先割下来，剁下一截嘴鼻，连同那根尾巴，给杀猪的人家留着，其余的作为搭头。有人来称肉了，屠户砍下一块腰方肉或猪腿肉，再适当斩一小块猪脑壳搭进去，一并称重。猪脑壳骨头多，脸皮上残余的猪毛也多，买肉的人多嫌弃。但一头猪，那么一大个猪脑壳，吃亏沾光，总要掺进好肉里卖了，这是乡俗，家家如此。

在故乡，那一截猪嘴鼻，叫香嘴，也叫葱嘴，若与猪尾巴一道，则叫作香嘴尾子，或者葱嘴尾子，一头一尾，代表了整头猪，整个儿煮熟后捞出，装在大碗里，是专门用来敬神的。敬过神后，才能切了炒菜。

猪脑壳虽说骨头多，烧红了烙铁或火钳烫毛也麻烦，沟沟坎坎刮洗也不易，但做了菜吃，味道也挺好。其间最好的，要算那两小团拳头大的脑髓，据说清蒸了吃，能补脑，有营养。小时候家里杀猪，母亲曾多次蒸了给我们吃，滑滑嫩嫩，阵阵清香。不过有一回杀猪，母亲向屠户讨要脑髓时，屠户先是说给狗吃了，后来瞒不住了，竟笑嘻嘻地张开自己的大嘴，说被这个狗吃了。原来，他砍开猪脑壳时，挖了两团温热的脑髓咕噜生吞了下去。

猪舌自然全是好肉，有的年成，家里杀了猪，母亲会留下整条猪舌。猪舌用火钳烫过后，刮去那层厚舌苔，洗净了，整条煮熟，再用茶油炸过，就是过年待客的下酒好菜。母亲炒猪舌，多是切片，与浸泡后切碎的干萝卜皮，就是我们俗称的劳萝卜（方言读音），一同油炒，撒上红红的辣椒灰，放了葱丝或香芹等诸般调料，炝水出锅，香气四溢。

猪耳朵有嚼头，作为过年的下酒菜，也是经过了油炸，红红的色泽。猪耳朵切细条，与劳萝卜同炒，吃起来脆骨嚯嚯作响，别具一番味道。那时候，故乡在除夕之夜有团年的习俗。通常是在夜深了，除了母亲，我们都已睡下。母亲窸窸窣窣在深夜里烧了柴火，炒了四个

菜，其中必定有一碗猪耳朵炒劳萝卜，或者香嘴炒劳萝卜，或者猪舌炒劳萝卜，而后唤醒我们起床，睡眼惺忪中，一家人围着灶火吃团年酒，迎接新年黎明的到来。如今父母去世多年，故乡的这一习俗也鲜有人坚持了，那些简朴的温暖时光令人想起来空余泪光。

记忆里，我们家也曾买过整个儿的猪脑壳。有的年成，在夏秋之交，肚里油水荒，村里头脑灵活见过场面的人，一大早就会走路、坐车，到远地的郴州城里去买猪脑壳。村里的人家，宽裕的，委托买一个猪脑壳，多数两家或四家共买一个。到了傍晚，买猪脑壳的人挑一担回村了，各家分取回来。这些猪脑壳，经过一天的路程，尽管闻起来颇有点不新鲜的异味了，并不影响各家的热情。我的母亲烧烙铁，仔细烫猪毛，刮垢，清洗，换了一盆盆的油水。末了，将猪脑壳囫囵放进大锅里熬煮至烂熟，满屋子的肉香，让人馋涎欲滴。猪脑壳捞出来，母亲仔细用刀剥肉，猪耳、猪脸皮、猪嘴……那些牙床骨、头骨，在手力和刀的作用下，四分五裂。那大锅的猪脑壳汤，香喷喷的，放了盐，一家人一碗碗舀了喝，呼呼作响。那些猪脑壳肉，母亲切好了，用盐腌起来，以后炒青辣椒、红辣椒，能吃上好些日子。

参加工作后，我一直住在永兴县城。曾有好些年，因工资低，家里费用紧张，妻子常到肉摊买猪脸皮肉，既无猪脑壳骨头，又价格便宜，而且好吃，我十分喜爱。

如今，因为谋生，我常年在郴州与义乌之间的火车上来往。郴州有一种众人都爱吃的特色盒饭，叫作猪脑壳盒饭，多是猪脑壳肉炒青辣椒，味道香辣，分量足，吃起来十分过瘾。我在郴州火车站候车时，有时就走进附近的饭店里，点一份猪脑壳盒饭，美美地吃了，拎着包，剔着牙，鼓腹进站。

猪杂

旧时故乡的普通农家，一年中大多养两头猪，一大一小，大者先杀，小者后杀，不至于让猪栏落空，年复一年，重复着相似的光阴。

一户农家，一年中杀家猪的日子屈指可数，或在过年前的几天，或在其他节日，或在家中有喜、有重大变故急需用钱之时，总之是猪养肥壮了，再养下去也增重不了多少，耗费还多。

父母亲都健在的那些年，我们家的猪栏一直不曾空过。每到杀家猪的日子，我的心里自是十分高兴。那些久违的肉食，经了母亲的巧手，香气扑鼻，总是那样美味得令人心醉，直让我如今想起来犹觉口有余香。

杀了猪，母亲做的第一顿丰盛饭菜，用来招待屠户和捉猪尾巴刮猪毛的帮手，犒劳全家人。这些以来自猪身上的最新鲜的食材做成的佳肴，故乡人称作杀猪菜。

一大碗血旺子是少不了的。杀猪之前，父母亲已将家里的木碗盆清洗干净，准备妥当。屠户杀猪时，将碗盆放在杀猪凳前的地上，里面放了少许盐水，并滴上几滴茶油，斜搁一把雪亮的长尖刀。当大肥猪被拖拽着按压在杀猪凳上，踩着马步的屠户，左手箍勒着猪嘴，右手操起那把尖刀对着猪脖捅了进去，一用力，再回手拖出尖刀，一大股鲜红的猪血跟着喷射而出，哗哗落入碗盆。蹲在地上掌管猪血的人，以手速速搅拌。猪的号叫和蹬踢越来越微弱，最终死去。那大半盆猪血不久也就凝结了，用菜刀横竖划开成方形大团，倒入大灶锅的热水里，以小火煮熟，这样就成了有蜂窝眼的乌红血旺子。煮血旺子时，母亲是取团切片汆汤，放了油盐葱丝，香气袅袅。

猪大肠也是杀猪菜的必备。故乡人吃新鲜猪大肠，尤爱那股残余的猪粪味。新鲜猪大肠切成小段，先以活水煮熟，连汤倒出。锅内再放了茶油，夏秋炒新鲜辣椒，冬春则炒切片的酸萝卜，加入调料，复将大肠带汤入锅拌和。一碗新鲜的活水大肠，或辣或酸，香喷喷，油嫩嫩，味道十分之好。

屠户原本就是村中最有口福之人，哪些肉材好吃，好下酒，他了

然于心。肥猪上架剖开时，他已拿了尖刀，先割下腹腔内那条柳肉，再割下一页猪肝，交于我的父母，嘱咐为下酒菜。如此，一碗炒猪肝，一碗炒柳肉，是杀猪菜中的必备。

在故乡，杀家猪的人家，猪心、猪腰子多是自家留着。猪心是孝敬家中年长者吃的，多是切片氽汤。猪心上面那层连接血管的白色冠状东西，村人称之猪宝盖，脆嫩可爱，比纯粹的猪心肉更好吃。村间也常有一种吃法，是将猪心整个儿置于大碗里，并从山野间摘了皂角树的若干大长刺，深插于猪心周边，一同放入鼎罐清蒸。我童年时期，就曾多次享用过母亲做的清蒸猪心，啃肉喝汤，据说这样的吃法，于人心有益。猪腰子则是专门给小孩子吃的，旧时一家中有几个小孩，做母亲的就会将猪腰子剖开竖切成几爿，煮熟了，个个有份。村人认为吃蒸猪腰能治尿床，故我儿时吃这样的猪腰子，是母亲重点关注的对象。

村间有一碗心肺汤的好菜，趁新鲜，割取猪心、猪肝、猪肺各少许，切碎了，共氽一汤，佐以油盐香葱，味极鲜美。若是在春节间，猪肝也常有另一种食法，先是大块煮熟，再放入茶油锅里油炸捞出待用。做粉丝汤菜时，将油炸过的猪肝切薄片放入其中，撒上香芹和红辣椒灰，拌了酱油，色香味俱全。

猪肚和猪尿泡，是男人下酒的好菜，新鲜猪肚或猪尿泡切条，炒酸辣椒或者炒酸萝卜，既有嚼头，又开胃爽口，红薯烧酒是要多喝几杯的。在我少小的时候，母亲也蒸过别样的猪肚、猪尿泡，她先是将整个儿的猪肚或猪尿泡洗净，里面装满拌了盐的糯米，以苎麻线扎口，盛在大瓦钵里，入鼎罐焖蒸至烂熟，白白亮亮，香气浓郁。吃时，用菜刀切开，全家人各装一碗，大嚼而食，十分带劲。据说猪尿泡蒸糯米饭，能治遗尿之症，父母、姐姐说说道道，又落到我头上，真是好吃却脸红。

小肠从猪腹腔取出来后，以是否入水烫过，分为生小肠和熟小肠。生小肠是村中妇女初生孩子后通奶水的良方，切小段氽汤略略煮熟即食；熟小肠做菜，若是切小段后先略为蒸过，再炒，或水煮，更嫩。小肠不可久煮，久煮则苦。我们家过年杀猪留的小肠，多是油炸后存放。煮烩菜、煮汤菜时，将油炸小肠斜切成薄片，作为面上的点缀，这也是故乡人家的通常做法。

猪腹内有三种油膏，腹壁上的两大块，我们叫板膏，大肠间粘连着那网状的，如花状，叫花膏，另有一种厚薄在前两者之间，一丛丛，像丛生的菌子，叫菌头膏。板膏和花膏，用来炸猪油，冬日里沉淀冻结后，雪白硬实。炸过油后，焦黄的膏渣炒腌红辣椒，能使人多吃几碗饭。

菌头膏蒸米粉，味道比肉还香。小时候在夏秋间，母亲偶尔会蒸上一大瓦钵。菌头膏切大块，略略炸出一些油，放了蒜子，放了盐，倒入在手磨上推好的炒米粉，拌和均匀，入锅焖蒸烂熟，满屋异香。端上桌，一家人趁热而食，嚼着饭，嚼着米粉膏，满嘴油光，笑纹荡开。

猪肉

过白，是故乡人日常口语中的专用词。

当一头宰杀了的大肥猪剖成了两大边，白晃晃地从木架上摘取下来，屠户通常会抱着放入早已预备好的一担干净谷箩筐，每只筐里侧曲着放一边猪肉。接着，依次上大杆秤称重量，两者相加，扣除箩筐，就是猪肉净重，这就是过白，又叫过皮子。那乌黑的杆秤粗大又长，秤锤沉重，弯曲的大秤钩勾住缩短的箩筐绳套后，通常需要用扁担穿过秤头上的铁丝提环，由屠户和另一人抬在肩膀上，甚至还要屈着手臂垫在肩上略略上举。屠户的一只手伸开掌秤，拨拉秤锤铁丝套圈的移动，待杆秤平衡，秤尾巴略为上翘，他喊一声“好”，捏住秤锤圈不动，放下箩筐，读出一个斤两来。过了白的猪肉，就是一户农家一年来付出辛苦劳动后的具体收获，能卖多少钱，能办多少事情，自家留不留，留多少，主人在心里便有了谱子，有了盘算。

喂猪草长大的土猪肉，无论做成怎样的菜肴，味道总是香美。即便如此，在村人敏感的味觉里，猪的这个肥白的肉身，哪处更好吃，适合做出什么样的菜品与肉食，都能分出个等次来。

猪脖下的喉部肉，肥厚、柔软、少瘦肉、有淋巴，正是杀猪的刀口所在，血丝密布，叫刀口肉，也叫血丝肉。这处肉绝不会有人主动购买，屠户常先将整大块割下，与猪头一道，当作搭头。不管谁买猪肉，搭头总要匀着砍割分上一点。不过这些搭头肉，村人拿回家后，经主妇一番烫刮清洗，剁切碎了，炒点浸泡后切碎的干萝卜，若是夏秋季则炒新鲜青辣椒、红辣椒，喷喷香，也是男人们细嚼慢咽的下酒爱物。

前胛肉紧挨着刀口肉，位于猪前腿肩胛骨处，此处瘦肉厚软，肥瘦合适，是最好的猪肉，味道尤其鲜甜细嫩。村人买肉，多爱买前胛肉，围着屠户的案桌常要按先来后到排队。旧时，故乡在清明节、七月半有做肉饺粑祭祖敬神的习俗，这几天村里必定会有人家杀猪，各间碓屋也整日都有人在里面捣米粉、筛米粉。做肉饺粑，以前胛肉剁葱作馅为最好，包裹在半月状的米粑壳里，像雪白的元宝，鼓鼓囊囊。肉饺粑多水煮，煮时待锅中水沸，再一个个放入，就不会裂开。一大

锅煮熟后，汤汁雪白浓稠，肉饺粑沉沉浮浮，放少许盐，放一些葱花，满屋异香。敬神之后，一家人趁热用大碗盛装，一人一碗，大口喝汤，真是妙不可言。肉饺粑也可蒸熟，直接拿着吃，便是冷了，也有一股浓郁的肉香。

猪前脚是个好东西，村中最经典的吃法是猪脚蒸甜酒，取前脚一只洗净，整个儿放入大瓦钵，加一些苏杆、水杨柳等乡间草药，再舀一两碗糯米甜酒添进去，一同入锅焖蒸至烂熟。这种吃法，既香甜又有营养。记得小时候，母亲曾做几回这道美味，一家人分而食之，好不快哉！相比而言，猪后脚就没有前脚珍贵了，其下半截高瘦，差不多就是一层皮包裹着，没什么肉。村中有一碗炒猪脚的菜，就多是用这一截剁成小团，焖蒸一番后，入锅翻炒，佐以香芹、红辣椒灰等诸般调料，色香俱全。后腿的两个大肘子，瘦肉多，却味道略酸，也偏硬，远没前腿肘子招人喜爱。

腰方肉自然是猪身上的重头戏。不同于如今的城镇菜场肉摊，是将猪皮剥去，排骨剔出，故乡人杀猪砍肉，屠户从腰方一刀下去，皮肉带排骨连在一块，从猪背直到软腹，长长的一条。若在过年前夕，这样的条状猪肉，两三斤一块，各用一小簇稻草绑扎，提起来，是辞年送亲戚家的年菜。那几天，乡间的道路上，往来多是送年菜的大人或孩子。

腰方肉做菜品种多样，大笋煮肉、小笋炒肉、青蒜炒肉、青辣椒炒肉、红辣椒炒肉、蒸米粉肉、白饭豆煮瘦肉汤、黄花菜煮瘦肉汤、萝卜煮肉、冬笋炒肉……一年四季各有特色，味道无不美好，而又以春节期间用腰方肉加工制作的油炸肉最具地方特色，堪称故乡名菜。

在我们家，炸猪肉自然是母亲的拿手活。每年这个时候，母亲的脸色舒展而温暖，祥和与幸福在脸上洋溢。母亲动作麻利，又井井有条：将烙铁插入炭火，烧得通红了，拔出来，在砧板上熨烫摆放整齐的猪肉，烫得猪毛吱吱响，偶尔还能燃起小火光，烙铁过处，猪皮也随之卷曲发黑，冒出油脂，焦臭弥漫。一一烙过的猪肉，在热水盆里用菜刀刮去皮上的黑垢，再用冷水冲洗干净，白白亮亮的，切成长方形的大团。

接下来，炭火上搁了洗净的大鼎罐，母亲把一团团的猪肉放进去，加水直到全淹了猪肉，盖上鼎罐盖子。鼎罐水沸，咕咕作响，揭开盖子，浓浓的肉香随着热气溢满整个屋子，令人垂涎又开心。焖煮猪肉需掌握好火候，不能过熟过烂，以刚好能将筷子深插肉中为宜。

猪肉捞出来，以脸盆盛装。那大半鼎罐的肉汤，漂着一层光亮的油花。母亲放了盐，趁热给我们每人舀一碗喝，十分香甜。在此后的几天里，这鼎罐里的肉汤是母亲煮菜的好汤料，无论煮蔬菜、荤菜还是汤菜，放了肉汤就是格外好吃。

灶上换了油锅，新茶油在无声地加热，暗暗涌动，炸猪肉即将开始。母亲已预备好了鹰扎，这是炸猪肉的专门工具，状如长柄的二齿手锄，因其前面的尖铁齿弯曲，活像鹰喙，能轻易扎进猪肉里，故有此名。装了酱油汁和红砂糖的一只大碗也已预备好，掺上适量的红薯烧酒，汁液的色泽便淡了许多。除此之外，另削一截斜口的白萝卜。

锅里的茶油红了，飘着油烟。母亲从脸盆里拿了一团熟肉，用萝卜斜口蘸了酱油汁，将猪肉的表面涂抹一遍，肉色如酱。猪肉放入油锅，顿时翻腾如沸，甚至炸得油点飞溅，母亲连忙用锅盖盖上片刻。稍后，放入另一团抹了酱油汁的猪肉，又是一阵毕毕剥剥的喧哗声。

炸一锅，通常放三四团大猪肉。母亲拿了鹰扎，将这些肉团一一翻转，每一面都炸得通红油光。末了，用鹰扎齿挖进肉里，将一团团猪肉捞出来，放进铁丝捞箕里，搁在大瓦钵上滴干油珠。油锅的哗哗声起起落落，一大盆猪肉渐渐炸好了，油光红亮，喷喷香香，看着就十分诱人。母亲将炸猪肉放入大瓦缸，一层层放盐腌起来。

相对于这种将猪肉煮熟后油炸的熟炸方式，另一种炸猪肉的方法是生炸，也就是将烫毛刮洗后的生猪肉，直接入锅油炸。生炸费时费油，炸熟后，肉质坚硬，又少了一鼎罐好肉汤，故村人少用此法。

若是自家杀了年猪，炸猪肉时，母亲会特地制作一两个庞屯（方言读音），这原本是需要在村庄重大酒席场上才能吃到的。庞屯也叫库子，通常取最肥厚处的腰方肉，剁成正方形，每只重两斤半至三斤。四脚肘子处裁取的庞屯叫正庞屯，以前脚庞屯最为显示敬意。庞屯先入水炆煮，水沸一段时间后，又加冷水，如此反复，几个时辰下来，肉质烂熟，捞出来，抹上酱油水和红砂糖，再入茶油锅炸上一番，通体红亮油光。日后做菜时，将油炸过的庞屯入笼蒸热装盘，浇上红辣咸香的浓稠调料，端上桌子中央。众人举筷划分夹取，满口大肉，大快朵颐。

春节里，炸猪肉是我们十分喜爱的美味佳肴。我的姐姐、姐夫、外甥们或别的客人来我们家拜年，母亲必定会上这一道大菜。炸猪肉切成方墩状，如棋子，像拳头，俗称棋子坨，或者划切成片，状如长梳，叫梳肉，也叫扣肉，都是结结实实的一大盘。

瓦缸里腌着的炸猪肉，能存放很长时间而不坏。吃得比较节俭的人家，甚至到了暮春插早稻还有剩余。而经长时间的存储，炸猪肉又有了一种独特的芳香。这时的炸猪肉，村人习惯叫残肉，这香味也叫残味。残肉炒时鲜的小野笋，炒风菜蕻，味道妙不可言。

鸡公

在我看来，有鸡鸣犬吠的村庄，才是真正的村庄。

旧时故乡的夜晚，神秘而漫长。尤其是在没有星光和月亮的日子，更是黑得可怕。在这样的深夜里，突然传来一声鸡公的嘶鸣，打破了这无边的寂静，紧接着，无数的鸡鸣在远远近近的全村各处响起，此起彼伏，村庄顿时热闹起来，阳刚起来。半夜醒来的胆小之人，也不再害怕夜鬼了。因为按照村人的日常说法，鸡公能辟邪，夜鬼最怕鸡公，鸡公一叫，它们就要赶紧逃离村庄。我童年和少年时代，夜里常蒙头而睡，要听到鸡叫了，才敢从被子里露出头来。

在故乡，公鸡叫鸡公，母鸡叫鸡婆。那个时代，差不多家家户户养鸡。大白天，村里的厅屋、巷子、空坪，村边的路旁、山脚、塘岸、田埂、禾场、瓜棚架下，到处都能看到鸡公和鸡婆走动、啄食、追逐的身影。相比鸡婆，鸡公漂亮多了，红红的大冠，高翘的尾羽，身躯雄健，神采奕奕。成年的鸡公爱发情，动辄翅膀一扇，追着一只鸡婆猛跑，直到鸡婆趴在地上不动，它站上去，一番交尾，跳下来，叫唤几声，这才惬意地走了。村人笑称，一只鸡公能管十五只鸡婆，真可谓妻妾成群。为此，也有人管鸡公叫骚鸡公，并引申为村中某些男人。鸡公也爱打斗，常常，两只骚鸡公一见面，分外眼红，脖毛怒张，又是啄，又是蹬，又是扇，又是跳，斗得你死我活，鸡毛乱飞，难分难解。不过，鸡公从不跟鸡婆打斗，这一点比村中很多男人要强。

我小时候做过多年的放鸡人。通常始于秋后，自家鸡婆孵化的一大窝秋鸡退了绒毛，有拳头大，能分辨出公母了。我每天早上起床后，用竹鸡笼挑着这一担小鸡，来到村前收割后的稻田，打开笼盖，放它们出来觅食。到了傍晚，我再挑了空鸡笼，顺便带来一瓜勺秕谷，来田野里收鸡。我撒下秕谷，“咯咯咯咯……”呼唤一阵，鸡们奔跑着从远近各处赶来，低头啄食。日复一日与它们相处，这些鸡都认得我，能听出我的声音，对我没有丝毫畏惧，有时甚至飞上我的肩膀。我可以任意捉住它们，摸摸它们鼓鼓的嗉囊。天色暗下来，鸡们纷纷飞上鸡笼，从打开的笼盖口跳进去。而后，我盖好笼盖，挑着它们回家。我的担子一天天重了起来，鸡窝也越来越显得拥挤。这些鸡公、鸡婆

渐渐长大了，毛色光亮，十分可爱。等到新鸡公都能打鸣了，家里的后半夜常常很是热闹。

并非所有的鸡公都会让其自然成长。有的新鸡公，才刚学会打鸣发情，父母就会请来本村的兽医阉割。兽医将鸡公一只只从笼中抓出来，踩于脚下，在鸡身一侧切一刀口，用探钩掏出两粒白色的睾丸，割了。这些阉割的鸡公，村人叫阉鸡公，也叫线鸡。线鸡的冠子，从此不会再长得硕大而雄壮，色泽也渐由绯红转成乌红，尾羽也慢慢落了下来，不再翘得高高。它们从此专务于觅食和长个，不再打鸣，不再发情追逐，性情变得十分温顺。

在故乡，鸡公是祭奠场合不可或缺的。有人去世了，不仅灵堂祭祀仪式上的牺牲要用煮熟的全鸡公，在下葬之时，还需现场宰杀一只大鸡公，杀至半死半活，扔下墓穴，并点燃一挂鞭炮扔下，驱赶它在墓穴里滴血蹦跳，以此祭奠山神。清明节扫墓，杀鸡公滴血淋坟，是村人传承久远的习俗。尤其是三年内的新坟，每年春社挂社坟，成了家的子女至亲，都会买了鸡公一齐来上坟宰杀。亦因此，每年清明节期间，那些家中养了众多鸡公的村人，就会挑了鸡公到圩场去卖。这段时间，白鸡公的价钱比红鸡公要贵许多。

自然，清明时节吃鸡公，为村人所喜爱。鸡公拔毛清洗后，剖边斩块，用茶油与蒜子、生姜、干红辣椒筒子同炒，炝一点胡子酒（当地一种土酒），放上诸般调料，一番焖煮出锅，香气扑鼻。一家大小吃着鸡公肉，喝着酒，叙着家常，亲情浓浓。在夏秋间，用新鲜的青辣椒、红辣椒炒鸡公肉，也是村人招待贵客的佳肴。

村里习俗，家有刚生下孩子的产妇，做爷爷奶奶的，或者做丈夫的，常会杀一只鸡公。先将鸡公血冲煮沸的糯米甜酒给产妇喝，而后再让她吃水煮鸡公肉。这样，有利于产妇排出体内瘀血，尽快下奶。

过年前夕，家家户户都会杀鸡。不过这时，留种的鸡公少有宰杀，多是杀线鸡。大的线鸡能长到七八斤重，肉质厚实。记得我的母亲杀了线鸡，先是将整鸡煮至半熟，呈跪拜状，用大瓦钵或大盘子盛装，端于神台前，虔诚地请祖先享用。而后，才将线鸡解刀，剁下两只正腿子，两只翅膀处的侧腿子，两块大胸肉，及别的鸡肉块。村里的习俗，鸡腿给小孩吃，胸肉和肝给老人吃。过年的时候，肥美的鸡肉煮好，放了芹菜、葱、蒜、酱油、辣椒灰，大大的一碗端上桌，热热乎乎，喷喷香香。

有的年份，突然一场鸡瘟来袭，每家要死不少鸡。看着一只只大鸡公、大鸡婆陆续死去，或奄奄一息，我们的心情都很沉痛，却又无可奈何。不管已死的，还是即将死的，我们都将它们脖子割一刀，滴去乌血。烫毛剖切后，内脏丢弃不要。剩余这些鸡肉，母亲一律剁成小块，用茶油炒熟，撒了盐，再烘成干鸡肉，放在石灰坛子里保存。做菜的时候，母亲掏半碗干鸡肉，浸泡一阵后捞出，放茶油、姜、蒜煎炒，和上腌剁辣椒，味道香辣。

鸡公的漂亮翅羽，多数成了乡村孩子的鸡毛毽子，而它们高翘修长的尾羽，则成了一只只拂尘的鸡毛掸子。

鸡婆

村里人家，养了鸡，许多东西就不会浪费。

比方说，小孩子端着碗吃饭，常会掉下饭粒，有了几只尖嘴巴的鸡在面前嘀嘀嘟嘟啄食，地上就干净了。再比方说，做主妇的煮饭之前筛米选米，那些筛下的碎米糠头，挑选出来的谷粒，尽管通常混杂着沙子，鸡们也会低头啄个不停，米是米，糠是糠，沙是沙，分辨得清楚明白，绝不含糊。至于其他日常所剩的饭菜残渣，遗落的谷物颗粒，都会落入鸡的嗉囊，长成鸡身上的肉。

相比鸡公而言，村人更喜爱养鸡婆。一只乡村鸡婆的职责有三：

一是生鸡蛋，二是孵鸡仔，三是杀了能供人吃肉。亦因此，单独养鸡婆的人家在村里不少，而单独养鸡公的，恐怕一户也没有。

那时候，村人的鸡窝有两种：一种是竹篾编织的，四方圆口，能提能挑；另一种就是砖砌的，固定于屋内某处，通常是在厅屋一角。在我童年时期，所居住的大厅屋一共五户人家，天井上下的两个厅屋里，就砌有各家煮潲的大灶和鸡窝。每家都养着鸡，鸡公、鸡婆，大鸡、小鸡，平日里很是热闹。

每年农历三月至十月间，是鸡婆生蛋季，一年生三四茬，每茬生十几二十枚许。一只鸡婆一旦进入生蛋时期，就会为一家主妇所关注。鸡婆生蛋通常有规律可循，有的一天生一枚，有的隔天生一枚。为探究竟，主妇们常会捉住鸡婆，用右手食指抠进鸡婆屁股眼，根据触碰到的蛋的软硬、大小和深浅，判定出生蛋的准确日子。小时候，我经常看到母亲抠鸡婆屁股，有时就想，难道这样不会抠着鸡屎吗？

鸡婆生蛋多在上午或正午，少有午后的。它想生蛋了，就不会走远，围着鸡窝不安地转悠。最终，它钻进了砖砌的鸡窝，或跳进竹笼鸡窝，安静地趴着不动。生蛋的快慢因鸡而异，老鸡婆生蛋要快得多，有的钻进鸡窝才一阵，一枚白亮的鸡蛋就落在窝里了。若是刚生蛋的新鸡婆，则慢多了，甚至需要几个小时，屁眼撑破，蛋上粘着血丝。鸡婆生下蛋，走出鸡窝，“咯嗒咯嗒”叫个不停，仿佛在向世界宣告它的轻松和喜悦。

长久以来，我家的床下有一只装鸡蛋的旧瓦罐。鸡婆们生下的蛋，

一一在此聚集。积攒多了，母亲在赶圩时拿去卖掉，换得一些油盐钱。有时来了客人，或者遇着节日，煎葱花蛋，或者鸡蛋炒新鲜辣椒，炒腌制的剁辣椒，都是可口的美味。

老鸡婆生完了一茬鸡蛋，就会有几天不爱吃喝，十分黏窝，赶也赶不走，村人一看便知，是老鸡婆想孵蛋了。若是在盛夏，村人会提着它到水里浸泡，让它尽快脱离这种状态。而在春秋两季，养鸡的人家，通常会让老鸡婆孵鸡仔。

孵鸡仔的鸡蛋必须是受精卵，自家若是同时养着鸡公鸡婆，自然是再好不过的了。挑一只竹篾鸡窝，里面垫上软和的干净稻草，摆放十几枚完好的鸡蛋，让老鸡婆孵着。这时的老鸡婆，母性浓烈，整日不吃不喝蹲着，用自己的体温温暖着这一众鸡蛋，呵护有加。对于孵蛋的老鸡婆，一般每隔三天喂食一次，喂半饱，以免它离开蛋的时间过久。如此日复一日，老鸡婆形容日益憔悴。

孵到半个月许，这些鸡蛋就要进行一次试水。打一盆温水，水温与鸡蛋的温度大略相似，将鸡蛋逐一放入水中，能竖立摇动的，是孵化成活的好蛋，用抹布擦干水重新放回鸡窝，让老鸡婆蹲着。那些横着的，不会摇动的，或是半途死了，或是从一开始就坏了，拣出来。经过试水的好蛋，再孵五到七天，就能破壳而出，成了一只只毛茸茸的小鸡仔。

孵了鸡仔的老鸡婆重新活跃起来，羽毛蓬松，毛色光亮，精力充沛。每天，它带着一群叽叽喳喳的小儿女，在房前屋后游走、啄食。

偶尔突遇一场大雨，来不及跑回家的鸡仔们就会一齐钻进鸡婆腹下躲避。老鸡婆站定，张开翅羽，将儿女们紧紧护卫着，任凭雨水将自身淋湿。而后，鸡仔们逐渐长大，羽翼渐丰，公母分明，已能独立觅食，老鸡婆又重新担负起了生蛋的职责。

在故乡，未生蛋之前的新鸡婆，是最有营养的。产妇坐月子，家人多煮了吃，既补身子，又下奶水。来看月子的村人，也多是捉了黄鸡烂（方言，专指尚未生过蛋的本地黄色小母鸡）来，作为礼物。黄鸡烂也用来治疗小儿奶干，用时先取小田螺若干，洗净后，塞入已清理干净的黄鸡烂胸膛里，一同蒸熟，吃肉喝汤。黄鸡烂蒸蚌壳肉，则是补阴的良方。

一只鸡婆，从出生到首次生蛋，需要一年多的时间。以后，它年复一年生蛋、孵蛋，变成了老鸡婆。当有一天，老鸡婆生不出蛋了，它的末日也就近了。它的命运显而易见，或被卖掉，或被自家人杀了，炖成了一锅香喷喷的老鸡婆汤。

土鸭

我向来有一个疑惑，同是村庄饲养的家禽，鸡能生蛋，也能孵蛋，而鸭子却能生不能孵，这是为何？少小的时候，我曾天真地想，是不是因为鸡嘴巴尖尖，能啄破蛋壳，而鸭嘴巴扁扁，啄不破呢？不管原因是什么，事实就是如此：在乡村，一只土生土长的鸭子的诞生，需要有一只鸡婆妈妈。正因如此，也成就了村中的一句俗话："蠢鸡婆带鸭崽，蠢外婆带外孙。"

那时候，我们村前的江上，常有野鸭出没。野鸭体型小巧，在江面浮游钻水，行动敏捷。它们的警觉性很高，遇有异响，翅膀一扇，双腿一提，便贴着水面疾速飞走了。极少有人能捉到野鸭子、捡到野鸭蛋。推究起来，家养的鸭子该是从野鸭驯化来的。只是在漫长的岁月里，它们连孵蛋的本能都丢掉了，不能不让人感到意外。

养鸡养鸭，在旧时的故乡十分普遍。相比而言，养鸭的人家要少一些。村人养鸭，或是用自家的母鸡孵鸭，或是购买鸭苗。农历正月，孵早鸭的人家就通常开始孵鸭了，若是自家养了老鸭，又留有鸭公，那鸭婆产的鸭蛋就能用来孵化。也有的人家，是从养棚鸭的地方买了鸭蛋来孵，那里鸭公、鸭婆都多，少则几十只，多则上百只，这样的环境中产下的鸭蛋，能孵出小鸭的概率更高。比起孵小鸡来，母鸡孵鸭蛋的时间要长一些，差不多需要一个月的时间。孵出的小鸭子，黄黄的绒毛，扁扁的嘴巴，黑黑的眼睛，憨态可掬，样子十分可爱，但生命力却还弱小，一如刚出土的嫩苗，村人习惯上叫鸭苗。乡间也曾有专门卖鸭苗的农人，用宽大的篾笼挑着，走村串巷叫卖。一些想养鸭子的人家，就或多或少，挑选几只十几只买下。

刚孵出来的鸭苗，不能立即让它们下地下水，这时它们的腿脚无力，尚且单薄，还承受不了潮湿和寒冷，否则就会死去。我们家先是将鸭苗养在木脚盆里，每餐用盘子装上拌了水的饭粒按时喂食，这样的日子，要持续一周左右。之后，在木盆里放了水，让它们试着浮游。

我童年时期所居住的大厅屋，大门口是一条石砌水圳，水流清澈，附近养鸭的人家多。每年这个时节，当小鸭已能下地下水，这条水圳

里便插了许多竹篾栅栏，一截一截将水圳分割，放养各家的小鸭子。这些可爱的小鸭，在水面浮游，钻水，立起身子扇翅膀，啄食投放的青萍或菜叶，日子过得很是惬意。为便于识别，各家也通常会给自己的小鸭做上记号，或在头上或在背上或在鸭子的其他某处，染上红色或别的颜色。

小鸭长得更大一些，就可放养稻田了。早晨，我和姐姐常提了鸭笼，将小鸭子放到水田里。到了傍晚收鸭时，再去田间寻找，看见了，口中不停呼唤："哩呐哩呐哩呐……"鸭子听到熟悉的呼唤声，会渐渐走上田埂。我们便将鸭子装进笼中，或者用竹竿驱赶回家。

只是鸭子下了水田，各家的就常混杂在一起，给收鸭带来难度，甚至引发纠纷。我家养土鸭的那一年，就曾与隔着一条巷子的一户邻居吵了一架。那时，我们家的鸭子差不多有半斤一只了，已是黑毛茸茸的幼鸭，一天下午我驱赶回家时，我们两家的鸭子混在了一起，从村前上岸后，需首先经过他们家门口，有三只鸭子被他家截了去。我母亲去讨要，他们家一概不认账，却被找到了，母亲与这户人家的主妇争吵了起来。谁知他们家竟然耍起了无赖，死活咬定就是没有我们家的鸭子，那男主人还大发脾气，一把夺过母亲手中的鸭子，并将一只当场踩死。母亲没能要回自家的鸭子，伤透了心，发誓养了这一年鸭子后，再也不养了。

随着鸭子日渐长大，关鸭也成了麻烦事。那个时候，我们家才两间房子，一间灶屋，一间卧房，都很逼仄。原先的鸭笼已装不下十来只鸭子，再说鸭与鸡又不能关在一起，否则，鸡会将鸭啄得整夜不得安宁。为此，父母在灶屋里高脚碗槐下面的空间，砌了砖头，做了鸭窝。

在故乡，养鸭是一件很劳神伤气的事。土鸭在成长的过程中，有几个时间段需要关在家中喂养，以防滋生是非。一是秧谷下塘，防备鸭子吃了稻谷种子；二是秧苗刚插下田，此时尚未扎稳根，若有鸭子浮游啄泥，秧苗就会浮起来；三是禾苗抽穗到收割之前，鸭子下了田，必定啄食谷粒。村人对待生事的鸭子，驱赶是最轻微的，大多态度粗暴，看见了，直接拿了竹篙追打，打死打伤时有发生。尤其是在分田到户之后，各家视稻田为命根，若有鸭子糟蹋庄稼，必定毫不留情，恨不得打死而后快。更有心狠之人，打死了鸭子，或者拧断了鸭脖子，一脚踩进泥里，死不见尸，让那些养鸭的人家，心痛又无奈。

鸭子的生长速度比较快，三个多月的时间，就能长到两三斤重。对于村中养早鸭的人家而言，恰好能赶上端午节卖鸭，赚一笔小收入。端午节吃仔鸭是故乡的风俗，自家养了鸭子的，宰杀鸭子自然不在话下，没养鸭子的，也会从本村或圩场买了来。不过，这时候宰杀的仔

鸭，多是鸭公，因为新鸭婆各家要留着生蛋。这时的仔鸭尚未换羽毛，全身鸭毛细绒绒的，拔毛费时又难拔干净。对付这个难题，村人也有一个土办法，通常在宰杀之前，先给鸭子喂下两调羹红薯烧酒，这样就容易拔毛一些。这一天，村前的水圳、井边、江坝上，到处可以看到洗鸭拔毛的人，家家户户的菜锅里，飘散着炒仔鸭的香气。

中秋节，又是故乡人家吃鸭的另一个佳节。这时候的新鸭子，膘肥体壮，已是成鸭了。炒鸭的佐料有新鲜的仔姜，有新鲜的红辣椒和青辣椒，有芋荷秆（芋头叶的粗梗），因此，用茶油炒出来的鸭子肉，味道更为浓郁而多样，喝酒吃饭不无美好。

秋收后的田野，一片空旷。在未来的几个月里，是放鸭的大好时光。春天孵出来的新鸭，与养了一年或多年的老鸭，在体态上已经相差无几，麻色的羽毛，扁扁的嘴巴，长长的脖子，大大的翅膀，宽宽的脚掌，嘎嘎的叫声也十分响亮。村前的水田、池塘和江溪，整日都能看到一群群的大鸭子，在啄食，在游水，在嬉戏欢叫。这样的日子，我们到水田里捉鱼虾，偶尔能捡拾到一两只白亮的大鸭蛋，顿时心情无比舒畅。

洋鸭

比起土鸭爱在水田啄食庄稼而常生出事端来，洋鸭要省心许多。

旧时的故乡，洋鸭也是村庄常见的家禽。那个时代，乡间的不少物品都带有一个“洋”字，煤油叫洋油，火柴叫洋火，此外还有洋布、洋线、洋钉、洋铁桶等。这些东西，一个“洋”字就表明了它们的最初来源地。自然，洋鸭也是个外来品种。相关资料记载，洋鸭别名西洋鸭、麝香鸭、番鸭，原产于美洲，数百年前引进中国。

就像土鸭因为爱水又叫水鸭一样，村人也将这种喜欢待在旱地上

生活的洋鸭叫作旱鸭。一土一洋的两种鸭子，习性大相径庭。洋鸭极少下水、下田浮游啄食，村前巷尾，屋间空坪，瓜棚树下，常能看见它们的身影。

在我小时候，家里也曾养过洋鸭。村里人家，多用母鸡孵洋鸭蛋。不过，母洋鸭也会孵蛋，这一点比土鸭要强。而且母洋鸭孵蛋时，比起母鸡来似乎更有爱心，在长达一个月的孵化期间，它通常连续五六天蹲在窝里不吃不喝，一刻不离它的蛋宝宝，它还会不停地将自己胸腹下的羽毛啄下来，将一窝鸭蛋包裹覆盖。等到小洋鸭孵出来时，母洋鸭不仅体型消瘦憔悴，胸腹的羽毛也常拔了个精光。

孵洋鸭一般是在春秋两季，春季居多。春天孵的洋鸭，叫春洋鸭，秋天孵的叫秋洋鸭。比起秋洋鸭来，春洋鸭会长得更健壮，体型更大。刚孵出来的小洋鸭，浑身的绒毛黄黑间杂，两侧的眼角上犹如描画了一道蛾眉，样子清秀又可爱。小洋鸭特别爱吃蚯蚓，我常挖了蚯蚓来，用竹筒或破大碗装着，倒在地上，喂食它们。小洋鸭看到地上蠕动跳跃的蚯蚓，尤为兴奋，扁着小嘴巴，速速地啄着，争抢着，就像吃香甜可口的面条一样。有的时候，我用小竹笼提着几只小洋鸭，或者用小竹子赶着它们，到一处肥沃潮湿的空地，或屋旁的阴沟，我一边用齿锄挖泥土，它们一边跟着抢吃蚯蚓，津津有味。那时，泥土里的蚯蚓真多，有的粗大如筷，有的细小如针，有的爱爬，有的爱跳，无不是洋鸭所爱的美食。

洋鸭长得快，渐渐地，它的头部起了惊人的变化，嘴端和眼角长了红红的肉瘤，堆积起来，样子不那么好看了，甚至有几分丑陋。它们浑身的羽毛多是黑色，有着金属的光泽。也有白色的洋鸭，在故乡那是极少数。长得快的洋鸭，自然吃得多，拉得也多。洋鸭主要靠喂食，红薯、米饭、糠、猪潲，都是它爱吃的。它还有个边吃边拉的臭毛病，拉的粪便稀汤一样的，这里一摊，那里一摊，看起来脏脏的。亦因此，长大后的洋鸭，与不修边幅的中年油腻大叔颇为神似。

洋鸭整天围着屋子里里外外转悠，不会离开太远。它们走路的姿态缓慢而悠闲，昂着的头颈就像装了根弹簧，一前一后不停地伸缩着，左顾右盼，嘴里发出“嘎嘎嘎嘎”的低沉叫声。它们有时也聚集在村庄污水氹或池塘的岸边，或走或蹲，浮游的时候很少。倘若有人驱赶，或是某件事情触动了洋鸭，它们也会飞翔，能飞得很远很高。我家的一只大洋鸭，有一回竟然飞到村后一棵古樟的高枝上，让人毫无办法。过后，它自己又飞了下来，回家。洋鸭的脾气有时也挺大的，老洋鸭公尤甚。大的洋鸭公能长十多斤重，能追着啄人腿脚，也是看门的好手。

中秋节和过年，村中养洋鸭的人家，有时会宰杀一只大洋鸭。洋鸭大，内层的黑绒毛长得又深又密，拔毛很费时。村人通常会烧了稻草，将拔过几遍鸭毛的洋鸭在火苗上燎烤一番，再清洗干净。洋鸭肉可炒可蒸，蒸米粉洋鸭是故乡名菜，做时将洋鸭肉斩切成大块，先在锅内翻炒油煎，放上姜丝、蒜子、辣椒灰、盐等诸般调料，再倒入用

炒粘米磨成的米粉，拌和均匀，以大瓦钵盛装，而后焖蒸至烂熟，香气浓郁。

洋鸭肉在乡间也有禁忌，人五脏有病者，不能食，据称能引发旧病，加深病情。

鹅

村庄饲养的众多家禽中，体型最大形态又优雅的，自然非鹅莫属。唐代诗人骆宾王有诗《咏鹅》，“鹅鹅鹅，曲项向天歌，白毛浮绿水，红掌拨清波”，将鹅的可爱情态描绘得栩栩如生。千百年来，这首朗朗上口的小诗让一代代的中国人无数遍吟诵，也愈发增添了人们对这种家禽的好感。

我年少时，曾有一段时间对“鸿雁”一词颇感兴趣，它是古典诗词里常有的意象，是抒怀励志的寄托。“燕雀安知鸿鹄之志哉”，这句来自课本里的话也曾暗暗鼓舞过我。可惜我没近距离见过真正的鸿雁，

因为我们那里没有这种野生的大鸟，只是在每年的秋冬之交，在高高山峦之上的晴朗高空里，能看到排成人字的南飞雁阵。我那时并不知道，其实村庄里惯见的大鹅，它们的祖先就是鸿雁。

同鸡鸭一样，鹅也是村人喜爱饲养的家禽。比起土鸭和洋鸭来，鹅的身躯更高大，脖子更修长，尤其是它脑袋前部那个金黄圆润的大额头，看起来就有几分雄健气势。村中的鹅，有灰白两色，白鹅居多。村前的池塘和水圳，常有大白鹅三三两两地游弋，身后拖着长长的波纹，倒映着白色的身影，十分漂亮。

在我小时候，家里一直不曾养过鹅，主要原因是住房太逼仄。那时我们家与另四户同住一栋老旧的大厅屋，拥挤得根本没地方给鹅围一处栏舍。不过，看到别的同伴家里养着鹅，我常常很是羡慕。每年的农历四月初八，是故乡的重要节日，这一天，家家户户都会煮了红蛋，或用红绳网兜装上一两枚挂在孩子胸前的衣扣眼，或给孩子带在上衣口袋里，吉祥又喜庆。这些红蛋，多是鸭蛋，也有的人家会煮了鹅蛋。比试红蛋的大小和坚硬度，是村中孩子在这一天里最开心的事情，这样的时刻，我就更加渴望自己家里也能养鹅。

我的愿望一直到家里建了新瓦房，搬离了原来的旧厅屋才得以实现，这时，我已上初中。在乔迁新居后的第一年春天，母亲应我的请求，从到村里卖鹅苗的外村人手中，买了四只黄色、毛茸茸的可爱小鹅。

鹅是一种食素的动物，爱吃肥菜、麻叶菜和各类青草。那时候，村里人家都养猪，常会在园土里特地栽种一种专门喂猪的大叶蔬菜，我们叫肥菜。肥菜叶比手掌还宽大，表面皱纹密布，起伏不平，颇与莴笋叶相似。肥菜叶一圈圈地由下往上摘，粗壮的秆茎也随之越长越高。每次母亲从菜园子里摘了肥菜来，我常拿几片嫩嫩的大叶喂鹅。四只小鹅争抢着啄食我手里伸着的肥菜叶，狼吞虎咽，不一会就能将一片大叶抢食干净。平日里，小鹅们在我们家屋旁的空坪、溪岸、塘边，低头啄食诸般青草，不时下水浮游一阵，立起身子拍拍翅膀，日子过得自由自在。

鹅吃百草，但有一种草不吃，这种草名就叫鹅不食草。鹅不食草学名石胡荽，异名有食胡荽、野园荽、猪屎草等，是一种一年生匍匐状小草，多长于路旁和田间，有着辛熏的气味。尽管鹅不吃这种野草，不过于人而言，这种小草因具有通鼻气、发散风寒的功效，旧时村人也有采之入药者。

在我上学、放学的日子里，家里的四只鹅渐渐长大，身材修长，羽毛洁白，原先的竹笼已经容不下它们的身子，父亲就用砖块在我们家厅屋大门旁的一角砌了个方形的鹅圈，圈顶盖上木板，圈里垫一层柴灰。每隔些日子，圈里夹杂着鹅粪的柴灰就要掏出来，是上好的农家肥。这四只大白鹅，三公一母，公鹅的身躯和头冠的突起明显要大很多，抱在手里沉甸甸的。公鹅爱仰着脖子鸣叫，声音高亢而有磁性。“喔冈，喔冈”，村里的孩子常喜欢这样学鹅叫。

长大的鹅爱偷食庄稼，村前田野间即将成熟的稻谷，屋旁种满菜蔬的园土，它们都爱大摇大摆去啄食，一阵功夫，就能将一处地方啄食干净。为此，养鹅的人家，每到这样的日子，就得多费心思看管，以免生出是非，或者干脆将爱惹事的公鹅提到圩场上卖掉。记忆里，我家养的四只大鹅，一次鹅肉我们都没有吃过。那三只大公鹅，先后被母亲在赶圩的日子卖了，换得几笔日常开销的费用。只有那母鹅后来下的第一枚鹅蛋，母亲做成了香喷喷的煎蛋，成了父亲的下酒物和我们的下饭菜。

辣椒炒鹅肉，米粉蒸鹅肉，我是在参加工作多年后才吃到。在乡村生活的二十年里，尽管常年能看见鹅，且曾与鹅日日为伴，但关于鹅肉的美味，我只是听闻，不敢奢望有此口福。原因十分简单，那么大的一只家禽，对于贫寒之家，谁舍得杀了自己享用啊！

蛋

先有蛋，还是先有鸡，这个如同乡村游戏般的问题，我在儿时就曾与同伴争执过无数遍。结果显而易见，谁也说服不了谁。旧时的故乡鸡鸭鹅成群，充满了简朴而庸常的生活气息。

在旧时故乡，再穷的人家，平常的日子拿出几个蛋是没什么问题的，因为对于勤劳的农人来说，谁家不会养一窝鸡，或者一群鸭，或者几只鹅呢？

村人吃蛋，以鸡蛋、鸭蛋为主。鹅蛋因产量少又个头大，那时候一般人家都不舍得吃，或用来卖钱，或用来孵小鹅，当然也有煎炒做

菜，或煮熟了吃的。

父母在世的几十年里，我们家每年都养着鸡，有的年份也养过鸭和鹅。家里有一只缺了嘴子和盖子的旧瓦壶，就是专门用来装蛋的。母亲对鸡鸭何时生蛋的把握，常借助于抠鸡鸭的屁股眼。她动作熟练，左手提着一对翅膀，右手食指曲着从鸡屁股或鸭屁股抠进去，一番探究，再拔出指头来。她这样做的时候，我就常疑惑她的手指是否会粘了一团粪便，或者把蛋抠破。不过看她指头依然干净，而且那鸡鸭在窝里如期生下蛋来，也就释然了。从鸡窝、鸭窝里捡了蛋放进旧瓦壶，是我小时候常干的事情。我没有抠过鸡屁股、鸭屁股，倒是我的三姐有一次趁母亲不在，学着抠鸡屁股，硬是压着一只鸡婆，将一枚蛋生生给抠了出来，抠得鸡婆惨叫连连，屁股鲜血淋漓，事后被母亲一顿好骂。

童年和少年时代，吃母亲做的煎炒鸡蛋或鸭蛋，味道十分之好。母亲煎炒蛋的方式多样，配合着四时菜蔬，就愈加丰富了。春天里出了野笋子，剥壳后光洁碧绿，切成小段，与煎蛋同炒，撒上红红的辣椒灰，清香四溢，色泽诱人。这个季节里，园土里的薤白长得茂密鲜嫩，长叶似葱，绿得可爱。这种野菜有一种浓郁的香气，从泥土里拔出来，下面是一颗圆嫩的白珠。薤白洗净后切碎，既可炒蛋，也可与打在碗中的蛋搅拌均匀后同煎，味道鲜美胜过蛋炒香椿。夏秋间，蛋炒新鲜辣椒可谓是村人的家常菜，香香辣辣的，下酒下饭都好。冬日里腌剁辣椒炒蛋，更是无人不爱的美味。将几枚蛋打入菜碗，以筷子拌匀，倒入柴火上的菜锅油煎，圆圆黄黄的一大块，再将从瓦瓮里掏出来的半碗腌剁辣椒倒入锅里，一番翻炒，香辣刺鼻，略炝水出锅。腌剁辣椒炒蛋，可以不放任何调料，若是切几粒蒜子，或切几根香葱，香味就更浓了，红辣黄蛋绿葱，看着就让人食欲大开。每当桌上有一碗这样热气腾腾的好菜，我要比平时多吃一两碗饭。

每年的农历四月初八，在故乡是一个与儿童、与蛋相关的重大节日。早几天，村里各家就忙开了，提了若干成双数的生鸡蛋或鸭蛋，送到亲戚家里，作为给孩子的礼物。这段日子，赶圩卖蛋买蛋的人也最多。四月初八这天，各家做母亲的，都会煮了成双数的蛋，染成红色，用红绳蛋兜装上一枚两枚，系在小孩胸前的衣扣眼里，图个吉祥喜庆。吃红蛋，拿着红蛋玩耍，比试红蛋的大小和坚硬度，是这一天

村童们的开心娱乐。这一天的鼎罐里，各家煮的都是糯米饭，也有的人家会从村后的山上摘了乌饭子的树叶，揉搓出汁水，浸泡糯米，煮成喷香的乌米饭。这一天的菜，必定有煎蛋。我的母亲通常是做葱花煎蛋，黄黄绿绿的，煎一大碗。端着碗筷，嚼着糯米饭和葱花蛋，口齿生香。

在故乡，蛋作为营养丰富的佳品，也常用来待客或给家人增添营养。有贵客来了，煮一碗面条，里面放上两个荷包蛋，香气袅绕，端到客人手中，就饱含着朴素的盛情和敬意。蒸鸡蛋羹、红糖蒸鸡蛋、鸡蛋冲糯米甜酒，这些都是滋补身体的上品，给老人吃，给体弱的孩子吃，给产妇吃，也是再好不过。

故乡人家，遇着喜事，常会煮红蛋。小孩子过生日，年长者祝寿，有新客初次登门，煮几双红蛋是必需的。那时候，村里未婚男女多是靠媒人牵线说合，在选定的日子，女子在媒人的带领下去男方家看屋，交手器（方言，男女定亲相互交换信物），男方回礼一般是上百个红蛋，钱若干，体面的人家还会专门捣了糍粑。这些红蛋和糍粑，女方回来后，她家人会在村里散发，让亲戚邻里共享喜庆。

在重大的乡村酒席场合，蛋也是一碗必不可少的佳肴。小孩满月酒，或者一周岁酒，酒席最后会上一碗红蛋，每人一个。在我的记忆中，村里人家每逢在大厅屋或宗祠里办大酒席，常会有一碗蒸三厢的好菜。所谓蒸三厢，就是油炸肉、油炸草鱼、油炸鸡肉分层装于一大碗，满满地堆得老高，像一座小山包，表面覆盖一层面皮蛋卷，俗称盖皮蛋，一并蒸熟，奇香无比。盖皮蛋制作也有讲究，先将鸡蛋煎一张蛋花，铺开在揉好压扁的面粉皮子上，搓成圆筒状，略略压扁，再切成椭圆的薄片，形态精致，有着漂亮的螺旋纹。

腌盐蛋也是故乡人家爱做的。我的母亲腌蛋时，会将干花生壳、干麻秆、干蒜秆一并烧成灰，再和上柴灰、盐、新鲜黄泥，加水搅拌成稀汤的腌蛋泥水，而后放进若干生鸭蛋或熟蛋，封坛腌制。坛内表面，以留有一掌厚的浅水为宜。腌久了的盐鸭蛋泥水，乌黑如炭，是治疗腮腺炎（俗称猪头风）的良方。小时候，我们常感染猪头风，腮部红肿如包子，火热痒痛。母亲就会从坛子里舀了小半碗黑乎乎的盐鸭蛋水，拿了鹅毛给我们涂上，凉凉的。这段日子，村里众多孩子的下颚都涂成了一块巴掌大的黑色，像锅底，相互指点取笑，五十步笑百步，是乡村一景。

蛋是如此之好，不过做梦捡蛋据说是不祥之兆。母亲曾说，蛋是白的，代表着要戴孝。为此，曾有多年，我害怕梦见捡蛋或下雪，我希望父母能够永远健康长寿，一家平安。

第三辑

膳

（下篇）

鳙鱼

“雄鱼头，草鱼尾。鲢鱼肚皮，鲤鱼嘴。”

这是流传在故乡的顺口溜，我自小耳熟能详。在我们村庄，鳙鱼习惯上叫作雄鱼。这顺口溜其实就是说了这四种常见鱼类最美味的身体部位。只是我一直颇为费解，那草鱼的尾巴全是一丛粗长的大刺，有什么好吃的呢？

旧时的故乡，村前的池塘众多。大池塘、小池塘，深池塘、浅池塘，一个连着一个，碧波荡漾，远看像连串连片的镜子。池塘的岸边，多种有树木，杨树、柳树、柏树、枣树、苦楝、鸡爪、蜡树、香椿……最大最深的池塘，是朝门口的那个，呈半月状，月弓朝外，弓岸中央下几级台阶，便是一字竖排的三眼水井，旁有高大的老柏树。月弦之上，是一排高大的树，一条村前的青石板大路，以及一条常年流淌不息的水圳。水圳里侧，便是各家高低参差的青石砖墙，在水里映着倒影，随着流水而晃动。此外，在村后的山窝里，是一口比月塘大得多的小水库，村人叫山塘，夹岸树林掩映，清波渺渺。

这众多的池塘里，常年都养着鱼。鳙鱼、草鱼、鲢鱼、鲤鱼，是常见的四种大鱼。至于鲫鱼、白条等各色小鱼，数量更多。在天气晴好的夏日早晨，池面上，一片一片，全是浮游着的鱼头，大大小小，嘴巴不停地张合。尤其是那些比拳头还大的鱼头，黑压压的，排列规整，有如阅兵场上的方队，场面十分壮观。

相比草鱼、鲢鱼、鲤鱼而言，在生产队的时候，鳙鱼的放养数量要少得多。一则鳙鱼的头太大，在村人看来，骨头太多了。那时，村人喜欢多肉的鱼。记得小时候生产队有一次干塘分鱼，队干部日德，捉了一条大鳙鱼硬是要分给务节，务节死活不肯要，推来推去，两人动起了手，务节拿了手中的瓦盆追打日德，连瓦盆也甩破了。二则是与鳙鱼的习性有关。俗话说：“雄鱼吃现屎。”鳙鱼是以草鱼等鱼类的粪便为食。鲢鱼的习性与鳙鱼相同，头却要短小得多。因此，作为池塘食物链的一环，村人更愿意放养鲢鱼。

不过，在我看来，鳙鱼的长相其实很可爱。它背脊乌黑，身上布满黑色的如花斑纹，黑黑的脑袋大得出奇。在干深水大塘的时候，

我常看见，那些捉上来的鳙鱼，比起鲢鱼来，身体强壮，个头要大很多。

往年，村人对于鳙鱼的食用方式，并无太多讲究。我们这地方嗜辣，口味重，鳙鱼剖边剁块后，多是油煎炒辣椒。比巴掌还大的两大块鳙鱼头，煎得焦黑，装在碗里，差不多要盖住大碗口。若是过年的日子，鳙鱼头砍开两半后，和上面灰浆，油炸至焦黄，身子块亦是如此。做菜时，炸鳙鱼既可佐以姜丝、蒜叶、香芹、红辣椒灰，也可与腌剁辣椒为伍，风味各有千秋。

制作干鱼块，是故乡人家加工大鳙鱼的重要方式。或直接剁块烘干、晒干，或先略为蒸熟，撒上盐，再烘晒。干鱼块能吃得长久，细水长流，煮腌剁辣椒，拌上葱花、酱油，红红辣辣，喷喷香香，无论待客还是自享，都是一碗好菜。

熬鱼冻曾是冬日里的一种吃法，取新鲜的鳙鱼头、鳙鱼块若干，熬煮至肉烂，放上诸般调料，装入海碗或大瓦钵，任其冷却成冻。那时的冬天比现在要严寒得多，隔夜的鱼冻吃起来冷香尤为浓郁。

二十岁那年，我中专毕业，在县城参加了工作。其时，故乡分田到户已近十年，村人的生活水平已经有了极大改善。我也是在这之后，才陆续品味到鳙鱼的别样美味。

有一段时间，鳙鱼煮酸风菜风行城乡。县城的饭店，乡镇的路边店，都流行这道菜品。鳙鱼在水池里养着，活生生的，现点现杀。鳙鱼切成大块，酸风菜也是切大块，一同水煮，拌上种种调料，香气扑鼻，用脸盆盛装，大大咧咧，风格粗犷。酸风菜煮鳙鱼，鱼肉白皙，汤汁酸香，十分开胃。

剁椒蒸鳙鱼头，更让我真切体味到旧日那句顺口溜的妙处。大鳙鱼头剖开两半连着，以大瓷盘盛装，上面盖一层红红的腌剁辣椒，焖蒸熟透。有的更具创意，一半的鱼头上是腌红剁辣椒，另一半的鱼头上是黄绿色的剁酸辣椒，色彩与口味愈加丰富。鳙鱼头的肉质柔软白皙，如胶似冻，在椒味里一浸，色香俱全，实在是人间美味矣！

村里人如今吃鳙鱼，也早就不嫌其头大骨头多了。真可谓此一时，彼一时。

草鱼

乡间的池塘里，最为人所器重的角色，自然是草鱼。

在故乡，池塘养鱼最鼎盛的时期，当是在分田到户之前。那时候，村庄一共四个生产队，每队都有好几口池塘。除此之外，村前的月塘和村后的山塘，前者关乎风水，后者关乎灌溉，且水面宽广，为全村所共有。这众多的池塘中，大的水深，能没过成人，小的则浅了许多。

池塘的深浅，对于草鱼的成长，其实性命攸关。一群群草鱼，在孵化场长至瓜子长许，于暮春或初夏时节，被卖鱼苗的农人用鱼盆挑

着，走十几里山路来到我们村庄，它们通常会在故乡的池塘里自由地度过两年多的时光。头一年，它们放养在浅水池塘里，村人称之为新草。一年后，已长到八九寸长、镰刀棒大，身体结实，便移至深水大塘，此时称之为老草。若是一开始就将草鱼苗倒入深水池塘，低温的环境下，恐怕难有存活者。

草鱼的食料主要是青草。幼小的时候，池岸边伸至水面的野草，水里的浮萍，都是它们张嘴就能吃到的。当然，割草放养也是少不了。有的浅水池塘，还会特地栽上丝草。那时候，村前的江流和水圳里，

水质清冽，很多地方都长满了茂密的丝草，状如丝绦，在水底飘摇，秀色可餐。养鱼的人会一担担拔捞来，一丛丛插在浅水池塘里，宛如插秧。丝草在池水里生长，既是草鱼的美食，也是鱼类嬉游的地方。

其实，对于新草而言，在浅水池塘里给它们搭建鱼窝是必不可少的。通常是在池塘的中央，下面是木桩棚，上面盖上成扎的稻草，呈宽大的锥盖状，半浸入水中。也有的甚至就直接砍来大的树冠，倒伏在水中作为鱼窝，同样覆盖稻草。平常的日子，清波围绕的鱼窝之上，偶有飞鸟经停，蜻蜓歇翅。盛夏酷暑，鱼窝为草鱼遮阴；天寒地冻，池水结冰，鱼窝更成了鱼儿保暖御寒的庇护所。

深水大塘，则是另一番光景。水底栽不了丝草，池面也无须鱼窝。这里放养的都是经年的老草鱼，身体强壮，深潜是它们躲避炎热和寒冷的本领。池面上，常会看到鹅鸭浮游，扇着翅膀嘎嘎大叫。回村的大水牛，常没命地冲进池塘里泡着，露出一双大眼和弯角，摇摇耳朵，喷喷鼻子，咀嚼嘴巴，舒舒服服的样子。塘里的草鱼食量很大，每天清早，担负放养职责的人，挑了筛子或箩筐，到江岸边、路边、土坡，四处去割鱼草。满满的一大担青草挑来后，养鱼人俯蹲在池岸边固定洗鱼草的地方，一手扶着筛筐，一手扯出一把一把的长草，在水面上来来回回地晃动，散开。这套重复不断的动作，村人叫作洗鱼草。池水哗哗，碧波荡漾，青草在池面上越荡越远，连成碧绿的一大片。这会儿，池面顿时活跃了起来，一条条大草鱼悄无声息地从深水里冒了出来，纷纷张开大嘴，咬住一根青草，猛然一沉，拖入了水中。若是晴朗的夏日，群鱼浮游吃草，唼喋有声，看它们乌黑修长的大身躯在水里沉沉浮浮，偶或惊窜一阵水响，那更带劲。

偶尔的日子，在凌凌波光里，会翻着一块白肚皮。眼尖的人看见了，赶紧抱来一根长竹篙，奔到离池岸最近的地方，伸着手去扒捞。有时够得着，白肚皮在竹尾巴的带动下，渐渐靠近岸边，是一条死去的大草鱼。有时竹篙够不着，便会有几个人跳进池塘，拼力游去，谁先抢到归谁。有时，鱼是刚死不久的，眼睛乌黑，还很新鲜；有时鱼眼苍白，死去多时，甚至鼓着肚子已经发臭。这些捡来的大死鱼，村人剖边剁块后，多是腌了盐，晒干或烘干。

一年中，深水大塘通常会放干两回。一次是霜降前临近摘油茶的日子，另一次则是年底。摘油茶是一件需要翻山越岭的苦力活，需要美味犒劳。此时干塘分鱼，各家多是将大草鱼切块烘干，烘得橘红光亮，色泽诱人。在那段天微微亮就出门上山、天黑了才下山回家的日子，各家都是将干鱼块炒腌剁辣椒，红辣喷香，带上山去，是每天吃饭的菜肴。过年前夕，新茶油打榨出来了，干塘过年的草鱼，多是切块油炸，焦红油光，是节日里的佳肴。每年除夕夜的团圆饭，正月初一的早饭，这两个年尾年头的重要时刻，母亲备办的丰盛菜肴里，必定有一碗油炸的草鱼块，寓意年年有余。

而剖鱼的时候，鱼肠一般不会轻易丢弃。尤其是草鱼、鳙鱼、鲢鱼、鲤鱼这些大鱼的鱼肠，于村人而言，那也是难得的美味。草鱼鱼肠粗大，用筷子从一端顶进去，从另一端穿出，就能将整条肠子翻转

过来，鳙鱼、鲢鱼、鲤鱼的肠子狭小，可用香火棍翻转。也有人图快，拿了剪刀划开鱼肠。鱼肠清除粪便后，用盐揉搓数遍，冲洗干净切段。鱼肠炒秋辣椒，炒腌辣椒，或者做成鱼肠米粉，都是味道不错的妙品。

烘干的草鱼块油煎后，与腌制的剁红辣椒同炒，炝水，放上葱花、姜丝，色香味俱全，至今是我喜爱的菜肴。早年里，我的母亲曾因这道待客菜，还在村里闹出了一个笑话。那次，村里的匠人德义为我家砌灶，母亲从楼上的瓦瓮里抓了一把干草鱼块来煮腌辣椒。喝酒吃饭的时候，德义夹了一块大干鱼，左啃右啃硬是啃不烂。母亲拿过来仔细一看，原来竟然是一块干枞角（枞树的枝节，劈成块状，多油脂），红红亮亮的，活像一块干草鱼。我家的枞角鱼，也就被德义传开了。那时我还没有出生，以后每次听母亲活灵活现说起来，一家人都笑个不止。

油炸的全草鱼，是村里红白两喜酒席场中的大菜，也是隆重祭奠时的贡品，以瓷盘盛装。上菜时浇上佐料浓汁，众人举箸取食，大快朵颐。

鲢鱼

对于鲢鱼，我印象最深的，是它们的跳跃如飞。

同鳙鱼一样，鲢鱼的习性也颇怪异，青草不吃，倒是爱吃草鱼排出的粪便。故在家乡，便有了“鲢鱼吃现屎”的俗语。基于此，在乡村的池塘里，草鱼与鲢鱼总是混养在一起，形成了良性的食物链，增加了池塘的产出。

鲢鱼还有一些爱好，也是比较独特的。比方说，它们喜欢塘泥肥沃的鱼塘，越肥沃，长得越快。它们还喜欢吃蛆，喜欢吃发酵变味了的糠团。养鱼的人，若是在池面上投下这两样东西，鲢鱼们争抢翻滚

得如同过节。

不过，在我看来，池塘的鱼类中，鲢鱼的生命力最差。记得小时候，有一年冬天，我家附近的一口肥泥池塘里结了冰，冻死了很多鱼，白白的，在浅水下躺着，像密集的小巴掌。不少水鸭窜进池塘里，将死鱼啄上岸来，被我和同伴抢下，大多是小鲢鱼。每年放干深水大塘，在塘底的浑水里翻着白肚皮苟延残喘，或者捉进箩筐里最先死去的，也都是鲢鱼，草鱼、鲤鱼和鲫鱼远比它要活得长久。

我有时想，鲢鱼死得快或许跟它的急性子有关。干塘之时，随着水面渐渐下降，塘岸边围观的人越来越多，人声嘈杂。这不安的环境变化，也让池水里的鲢鱼愈发急躁，纷纷跳出水面，高低远近，四处乱飞。看到这样的景象，岸上的人往往猛鼓掌，“嗷嚯！嗷嚯！嗷嚯……”呼喊得更起劲。鲢鱼也就跳跃得更加疯狂，令人眼花缭乱，水面如同扔了无数颗炸弹，浪花飞溅。有一些鲢鱼，甚至飞落岸上，一阵弹跳，被人抓获。

鲢鱼身扁，多刺，肉薄，不及草鱼受待见。但它银白色的肚皮处，却十分柔软，肉质细腻，且很少有刺，是最好吃的地方。

在夏秋，吃鲢鱼多是油煎，或炒新鲜的青辣椒、红辣椒，或炒腌剁辣椒，都是不错的美味。青辣椒切碎炒蔫，炝水后与新鲜鲢鱼块同煮，佐以酸菜及姜丝等调料，味道丰富，鱼肉鲜美，很下饭。这道菜至今依然为我喜爱，夏秋间不时会做了来吃。

旧时的家乡，每到过年的时候，各家都会制作两种独特的美味——华肉和华鱼（方言读音）。猪肉取新鲜的五花肉，细切成手指粗的长条，五六寸的样子。鱼则取大鲢鱼的肚皮，同样是细切成条。切好后，二者各以食盐腌制一阵。之后便是调面灰浆，以冷水少许另打入几枚生鸡蛋一并调制，要是自家刚好在豆腐坊里做了新鲜豆腐，取那豆腐泡沫的余水搅拌至浓稠状效果更好。油炸时，先炸肉，后炸鱼，以免猪肉串了腥味。炸时将腌好的肉条和鱼条在面灰浆里裹上浆衣，再入油锅炸至焦红捞出。炸好的华肉、华鱼，油光可爱，香味浓郁，从外形来看，还真难以区别，就如同长相酷似的瘦高个兄弟。

华肉、华鱼都是切碎了煮成汤菜。比如说，将几根华肉切成半个指节长的小节，汆汤，放上葱花、酱油、辣椒灰诸般调料，色香味就出来了。满满的一大碗华肉汤，端上桌，热气腾腾，吃时以调羹舀取，开胃又暖身。也可将华肉切片，分别与金针（也叫黄花菜）、粉丝、红薯粉条搭配煮汤，都是不错的美味。华鱼的做菜之法，大抵也是如此。

春节期间，故乡有做米豆腐的习惯。这时节天气尚冷，熬煮好的米豆腐冷却后切成大块，状如方砖，在簸箕里晾着，能数日不坏。来了拜年的客人，若离正餐时间尚久，往往先切了米豆腐煮来招待，在早间，叫打早伙，在中午，则叫打中伙，晚间宵夜，叫打夜伙。

煮米豆腐之前，通常会熬半锅汤料。取若干华肉、华鱼切碎，油豆腐切丝，入锅熬煮，佐以姜、葱、蒜、香芹和辣椒灰，盐、油、酱油、味精俱全，熬得香气四溢，红红辣辣，见之闻之，已是食欲大

开。另取大水锅加水烧沸，将切成麻将状的米豆腐入水略煮片刻即可，一一捞入备好的大碗，大半碗的样子。再以汤勺舀了华肉、华鱼的浓稠汤料，淋浇在热热的米豆腐上面。一人一碗，用瓷调羹舀食喝汤。个个吃得热汗直冒，满面红光，妙不可言。

华肉、华鱼，因其并不炸至干透，放久了就会在表面起了风霉，斑斑点点。为防霉变，也常将其烘干。

郴州鱼粉，好多年前就风靡城乡。粉是米粉，或扁或圆。鱼则一律是鲢鱼。新鲜鲢鱼剖汸清洗后切块，熬煮一大锅做汤料，鱼肉烂熟，辣椒灰、酱油、盐味都放得很重，香辣鲜美。我每次从义乌回郴州，下了火车，就径直走进旁边的粉店，要一大碗红火火的鱼粉。粉软，鱼香，浓汤咸辣，吃得热汗直冒，过瘾！

鲤鱼

鲤鱼的形状看着就让人感到喜悦。流线形的身躯扁而丰满，背侧的鳞片大而光滑，横斜交织，有着艺术的美感。腹尾部的鳞片细腻，于洁白里洇染着高贵的金黄。游动之时，它背鳍高举如帆，腹鳍和尾鳍轻扬若桨，有力的尾巴一摆，便能倏然冲出老远。即便抓在手中，它那三角脑袋上的两只眼睛瞪得圆圆，金黄的嘴巴吞咽着，一张一合，伸缩自如，像弹性十足的皮筋短管，带动着嘴角的软须，一副无辜又懵懂的可爱模样。

在乡村的世界里，鲤鱼向来被视为吉祥之物。那些寓意“年年有

余”的年画和剪纸，莫不有着活泼壮实的鲤鱼，或一条，或成双，或结群。昔日的故乡人家，差不多家家户户都有几只装菜的青花大盘子，盘里有一条大鲤鱼的印花，故又叫鲤鱼盘子。家有孩子出生、考学等喜事，办酒席时，鲤鱼盘子盛放一条油炸的大全鲤鱼，浇上喷香的佐料浓汁，黄澄澄的，既是美味的佳肴，更有着“鲤鱼跳龙门”的美好祝愿。难怪两千多年前的孔子，在其儿子出生时，见鲁昭公特送来一条大鲤鱼祝贺，嘉以为瑞，索性给儿子起名孔鲤，字伯鱼。

在我的童年和少年时代，跟鲤鱼打交道，那真叫习以为常。与鳙鱼、草鱼、鲢鱼多为池塘放养不同，江流里、溪水中、田野间，野生的鲤鱼更多。鲤鱼身体健壮，生命力强大，有的即便离开水数小时，也依然不会死。所以，但凡有源头活水的地方，都会有鲤鱼的身影。那时候，我有一大爱好，就是捉鱼虾，这也差不多是乡村孩子的共同特征。平日我们在水田、水圳里捉鱼虾，挖泥鳅，常能捉到大大小小的鲤鱼。

每年春夏之交，大雨连日不息，洪水泛滥。此时，村前江岸两边，便有很多扛着长篙捞网的成人和少年，戴着斗篷，披着蓑衣，腰间绑一只鱼篓，走走停停，伸着渔网在洪水里捞鱼，鲤鱼、草鱼、鲫鱼、选子鱼、泥鳅、虾子……多有所获。当洪水消退，江流如碧，江面上不时可以看到鲤鱼拍水，击出圈圈涟漪。据说，这是鲤鱼在产卵，我们叫鲤鱼拍籽。鲤鱼的这一腾跃动作，在乡村拳师的套路里，也演化成了鲤鱼打挺的招式。这时节很适合钓鱼，村间的孩子，常挖了蚯蚓，带着自制的钓鱼竹竿，坐在树荫下垂钓，不时甩上一条活蹦乱跳的鱼儿来。在江流与溪水的交汇处，水面多有小鱼浮游，水下大鱼儿更多，钓鱼的人也多。钓出来的鲤鱼，多是鼓着肚子的雌鱼，煎炒做菜，那包黄黄的鲤鱼籽，甚至比鱼肉还好吃。

盛夏看大人们在江水里围鱼，堪称壮观。通常是一群壮年男子，身穿裤衩，或者赤身裸体，牵着几张渔网，一字排在江水里，横截了整个江流。他们潜在水里，只露出头，拖着渔网从下游往上游慢慢移动。两岸边都是围观的人，提鱼篓的人，给他们拿衣裤的人，场面喧哗。不时便有大鱼窜进渔网，被抓住举出水面，引来一片惊叫和赞叹。抓住鱼的人，开心地或游或走到岸边，将鱼扔到岸上。所抓获的，多是大鲤鱼。

现在想来，最残忍的捕捞方式是癫江，但那时我们却是过节般的狂欢。通常在夏秋季节，几个好事者密谋一番，于后半夜在江流的上游下了药。天蒙蒙亮，江岸上便有人扛着捞网奔来跑去捞鱼。这情形很快就会被沿江两岸的村人知悉，大家纷纷拿了各式的捞鱼用具，蜂拥而至。江面上，处于癫狂状态的大鱼小鱼浮游着，或者翻着白肚皮，引得人们竞相捕捞。有时江中出现大鱼，看见的人，会一齐跳入水里拼命游去争抢。有的大鲤鱼，往往有几斤重。而那些死去的鱼子鱼孙，白花花的，更多。这样的捕捞景象，往往要持续到下午，药力被江水稀释，一些生命力顽强的鱼又渐渐活了过来。这一天，家家户户都能吃上喷香的辣椒炒鱼。捞得多的，开肠剖肚后，腌上盐晒干或烘干。

此后几天，江流里仍然会陆续浮现原本沉底的死鱼，或大或小，鼓着肚子，已经腐烂发臭。

比起年复一年要遭遇几起灭绝性药杀的江鱼，池塘里的鱼类堪称幸运。年底放干深水池塘，大的鳙鱼、草鱼、鲢鱼、鲤鱼捉上来。鲤鱼不轻易死亡，放在水缸里能养很久。曾有许多年，我家过年总会在水缸里养几条鲤鱼，来了客人，抓出一条，煮一碗活水鲤鱼，鲜美喷香，是待客的上品。

关于鲤鱼的记忆，最令我开心的事情，是在我家新瓦房前的水圳捉到大鲤鱼。那时我正上高中，一个星期天，我从大门出来，猛然听到门前水圳一阵大的水响。一看，正是一条背脊乌黑的大鲤鱼从上向下游来，因水略浅，背鳍高举着现出水面。我大喜过望，来不及脱鞋就跳进水圳，一阵手忙脚乱，奋力搏击，硬是将这条大鲤鱼稳稳地弯在怀里，抱了上来，一身衣裤也因此湿透。父母都非常开心，一家人美美地吃了一顿。

如今，那条溪水清清的水圳早已干涸，那栋瓦房连同我的父母都已消失于尘世。只有这鲜活的记忆，依然印在我的脑海里。每每想起，那么温馨。

泥鳅

童年和少年时期，乡间的泥鳅可真多！

那时的故乡，生态环境还是美好的。山上有着茂密的森林，村边有着高大的古树，江流和溪圳都是满满的流水，泉眼密布，池塘众多，水田漠漠。青砖黑瓦的村庄，就坐落在这样一个被绿色和水汽环绕的地方。

有水的地方，自然就有泥鳅。这种嘴边长着胡须的可爱精灵，形状如指，脑袋尖尖，眼小如针，尾巴侧扁，背脊和两侧乌黑，浑身黏糊滑腻。它是用鳃呼吸，鳃下有着一对如扇小鳍。泥鳅动作灵巧，常

弯曲成流畅的S形。在肥泥田里，大的泥鳅能长得像一截粗短的镰刀棒，这样的老泥鳅，我们叫泥鳅王。那些细小如香火棍的泥鳅，则称作泥鳅孙子，即便抓到也会放了，让它继续生长。

春暖花开，万物苏醒。在泥下沉睡了一冬的泥鳅，也变得活跃起来。江流、小溪、水圳、池塘、沟渠、水田，清澈的水面上，常能看到有泥鳅脑袋突然冒出水面，身子一转，窜出一朵小水花，又倏然钻进水里去了。

春天多雨，常整日哗哗下个不停，田野间雨水漫溢。在水田进水出水的口子，在江岸流水下泄的沟槽，甚至在田水漫埂而溢的斜草坡，就常有泥鳅逆水而上，成群结队，在响水里欢快游动，我们叫响水泥鳅。与之同行的，往往还有背脊乌黑的鲫鱼。捉响水泥鳅，是我童年时期的一件乐事。有时几个人在放学的路上，看到江边田水下泄的小斜沟里泥鳅翻滚，就赶紧挖了田泥将田埂上的水口子堵住，急急忙忙下到沟槽里捉泥鳅、鲫鱼，手忙脚乱。这些响水泥鳅、鲫鱼，一旦感知到响水停止，立马掉头，纷纷朝江面逃窜。捉到的泥鳅和鲫鱼，我们从江岸边随手折下一根水杨柳的细长枝条，将它们自鳃嘴里一一串起来，提回家。这样的日子，在江流里捞鱼的人也多，往往能捞上一些泥鳅和沙鳅。相比泥鳅，沙鳅身子更修长，脑袋也要尖长许多。

这时节的新鲜泥鳅，用茶油煎过之后，炒野笋子、炒蒜叶、炒酸风菜酸萝卜，喷喷香香，各具风味，是村人的时令佳肴。

早稻插秧之前，一丘丘的水田里，村人通常会挑了又圆又大的油茶枯饼，一整块一整块均匀抛甩在田里，让其慢慢融化，既能杀死蚂蟥等各类害虫，也能肥田。不过，水田里的泥鳅、黄鳝、小鱼儿也会因此遭了殃。随着这些紫黑色的茶枯饼溶解，水面上渐渐漂着一层油脂，阳光下五彩缤纷。不多久，泥鳅、黄鳝和鱼儿们，便纷纷在泥水面上乱窜，半死不活。人们提着小竹篮或桶子，去捉、去捡，手到擒来，所获颇丰。而泥鳅、黄鳝最集中的地方，自然要算事先做好的泥鳅窝。通常，在抛甩茶枯饼之前，村人会沿着田埂四周，每隔一丈远许，挖了田泥，在田埂边筑一个半月状的泥堆，略为高出水面，上面抹平整，大过脸盆底。有泥鳅窝的地方，抛茶枯饼时，隔得远一点，这样，田中央的泥鳅、黄鳝络绎赶过来，有的爬到泥鳅窝泥面上，有的钻进窝子里。尤其是隔了夜的泥鳅窝，清早一翻开，泥鳅、黄鳝成堆，令人欣喜不已。捉的泥鳅多了，一时吃不完，很多人家都烘成干泥鳅。干泥鳅放在生石灰坯子瓦瓮里，能长久不坏，来了客人，炒腌剁辣椒，是一碗好菜。

夏天来临，南风吹拂。稻田禾苗已高，蛙鸣虫吟，十分热闹。那时候，村里不少成年人，喜爱在夜里沿着田埂照泥鳅。先前，照明用的是长杆灯笼，铁丝笼里燃烧多油脂的枞角，后来渐渐换成了手电筒。泥鳅在夜里爱钻出泥面，照见了，手握泥鳅叉子快速扎去，泥鳅已是在劫难逃。

暑假割禾，也是捉泥鳅的好时机。看到圆圆的泥鳅眼，我会放下禾镰，伸出右手的食指，沿着光滑的眼洞，一路朝里面探去，此时，泥鳅脑袋也会在指头的触碰下一路退缩。待触着它不动了，用拇指和

食指紧扣着它的鳃部一拖，便捉了出来，从田埂上拔一茎野藤穿上。有时，田泥过于烂软，还得双手翻泥，才能将泥鳅捉住。

晚稻插下后，田野一片新绿。这时候，天气炎热，大白天，田水也是温温的，稻田水下的泥面上，常有泥鳅匍匐，脚印处更多。行人从田埂经过，两旁稻田里的泥鳅便陆续惊窜，现出一团团浑水。此时的泥鳅很好捉，只要下到田中，双手朝着浑水处摸捏过去，定有所获。在深深浅浅的脚印里，泥鳅更多，有时能摸出好几条来。只是这样捉泥鳅，时常会将禾苗踩倒踩坏，引来责骂。

夏秋季节，村庄的园土里，青辣椒、红辣椒正当时，挂满枝丫。捉来的泥鳅油煎后炒辣椒，是村人的家常菜。

对于村里的孩子来说，真正最适合捉泥鳅的日子，是在秋收后的那段漫长时光。这个时候，水浸田差不多都闲了下来，气温也宜人，整日有人腰绑鱼篓，或者提着桶子，或端着脸盆，游走于田野，翻泥巴，捉泥鳅。每一丘水田，都翻来覆去，要被人倒腾无数遍。

在故乡，泥鳅不仅是下酒下饭的好菜，也是很好的滋补品。家中有人肾虚，或者小孩子遗尿，做家长的也会煮了清水泥鳅汤来喝。粘米饺粑煮泥鳅汤，营养价值更高。只是这样的泥鳅汤，白黏黏的，腥味大。

活泥鳅煮水豆腐，我小时候只听说过。锅中先放冷水、泥鳅和成团的水豆腐，随着水温的升高，泥鳅纷纷钻入豆腐里躲避，终被烫死煮熟。此菜味道虽美，想想也真够残忍。

黄鳝

泥鳅活泼好动，像顽皮的孩子。黄鳝则好静，它总是悄无声息，多数时候深藏在泥洞里，像个隐士。

黄鳝爱打洞，这是它的专长。水田埂、溪圳岸，这些泥质硬实的地方，于它也是小菜一碟。它们似乎对这些地方还情有独钟，常钻出一个个大大小小的圆洞，曲曲折折，深深浅浅，甚至能将田埂和泥岸钻穿。亦因此，平时水田和溪圳漏水，也多与它们相关。至于泥质软烂的稻田之中，黄鳝洞就更多了。

从外形看起来，黄鳝有点令人害怕。它的头像一个指节，尖锥状，

骨质坚硬，比身子膨大许多，身体修长，尾巴尖细，黑色的背脊和侧腹密布花纹，活像长蛇。它浑身裹着一层黏液，奇滑无比，若是猛然看到它在禾苗间或田水里无声游动，转瞬即逝，还真会被吓一跳，一时分不清究竟是蛇还是黄鳝。难怪旧日里，与我同住一个大厅屋的两小兄弟，从外面捉来一条乌蛇，硬说是黄鳝，将他们父母都吓住了。

小时候，我特别喜爱捉泥鳅、黄鳝，每次下田都有所获。相比泥鳅，黄鳝要难捉许多。黄鳝很巧，在一块水田的附近，它往往会同时钻出好几个洞眼，真真假假，虚虚实实，堪比狡兔三窟。有时，我右手的食指沿着一个洞眼探索进去，这光滑的泥洞弯弯扭扭一直在田泥的表层，末了，从另一个洞眼口出来，原是一个迷惑人的假眼。有时，洞眼伸向泥底，整条齐肩的手臂都没入软泥里了，还是触及不到黄鳝的脑袋或尾巴。这时候，若是田水较深，只得作罢。不过，也有的时候，手指刚从一个洞眼探进去，那黄鳝的尾巴已经从另一个泥洞眼里冒出来了。逃窜的黄鳝在田水中非常灵活，游动如箭，双手刚将它的身子捉住，瞬间又滑走了。一番慌乱地追逐，有时能将黄鳝抓住，有时硬生生让它趁着浑水烂泥逃之夭夭。

相比而言，田泥半干半湿的稻田很好捉黄鳝。看到一个圆洞眼，一面用手指探一探，一面围绕洞眼扒开周边的田泥。用此方法，无论泥鳅还是黄鳝，想逃脱都难。黄鳝钻洞眼要比泥鳅深长很多，有时扒开泥巴，能看到黄鳝的一截尾巴从前方的泥洞里悄然滑进去了，赶紧扒泥追赶，直到原形毕露。黄鳝爱逃跑，我捉住了，若是带着桶子或脸盆盛装，就掐着它强劲扭动的身子，将它的脑袋猛地往桶沿或盆沿上摔打几下，打个半死，扔进去。这样，它就休想再逃走了。夏秋间，我们在午休上学的途中，有时也会下田捉泥鳅、黄鳝，用野藤蔓串起来，放置一水洼隐蔽处，等到放学再提回家。

剖黄鳝是件麻烦事。滑溜溜的黄鳝，握在手中容易滑走，况且它劲头大，爱弯弯扭扭缠来绕去。通常，我剖黄鳝时用剪刀。先是使劲捏住它的头，在脖子下横割开，一股血水便流了出来。再用剪刀尖嘴，沿着它的软腹中央一路划下去，直到肛门，扯出一串细长乌黑的内脏。剖好洗净的黄鳝，一截截剪断，装在碗中。煮菜时，母亲用茶油煎过之后，炒青辣椒、红辣椒，香辣味美。

在乡村，黄鳝血还是一味良药。有的人面瘫，剖大黄鳝时，接了新鲜的血液，涂于患处。据说因为黄鳝爱钻洞，它的血液也有了疏通经络的功效。

也有的黄鳝，浑身呈橘红色，我们叫火鳝。村前稻田中央的那条宽水圳，火鳝尤多。这水圳的上游源自江流的石坝，沿途有好几处泄洪口。春夏涨洪水的日子，水圳的泄洪口挖开，整条水圳就干涸见底了。这样的日子，在水圳里捡田螺，捉虾、泥鳅、黄鳝的人很多。水圳底泥厚，因长年沉积洪水带来的泥沙，泥质呈红色，泥面上的水草也很茂密，有时能捉到的大火鳝，有手臂长，锄头柄大，握在手里沉沉的，像大蛇。在圳岸下的大泥洞里掏挖火鳝，还得提防它咬人。火鳝牙齿锋利，强劲有力。

童年和少年时期，泥鳅、黄鳝我捉过不少。有的老泥鳅，鼓着大肚子，一看就是雌泥鳅。吃泥鳅时，雌泥鳅肚里的一包籽黄黄的，像鱼卵，很好吃。可是，我几乎从没看到过黄鳝鼓着大肚子，更没吃过黄鳝肚里的籽，虽然在田泥里也曾翻到过不少状如细铁丝一般的小黄鳝，真不知道它们是如何孵化出来的。对于这一现象，我那时偶尔也心生纳闷，却因司空见惯，并不曾深究。

近日偶尔查阅资料，得知黄鳝原来是一种会变性的动物。它幼时为雌，生殖一次后，转变为雄性，这种雌、雄性的转变现象称为性逆转现象。我心中顿时一奇，一惊，也一解我旧时疑惑。

田螺

厣，在我们的方言里又叫厣皮。可数十年来，我一直想当然地理解为是田螺的“眼皮”。可见，对于这种在我看来熟悉不过的小动物，实际上对它的了解还十分肤浅。

田螺是故乡人爱吃的一道美味菜肴，大人孩子概莫能外。我嘣田螺的嘴上功夫从小就十分了得，有时母亲做了辣椒炒田螺，我会往自己的饭碗里扒一大堆，坐于一旁的矮凳或门墩，嘟着嘴巴，嚯嚯嘣个不停，吃得津津有味，辣得火烧火燎，热汗直冒。即便如今，我依然十分喜爱吃这道菜。偶尔炒上一碗，喝点小酒，真是快乐赛神仙。手

中的筷子尖不停地往来于菜碗和嘴巴之间，一嘣一个，一小会儿，桌上的空田螺壳已是一大片。

旧时的故乡，鱼、虾多，田螺自然也不例外。池塘里、溪圳里、水田里，都能看到它们的身影，大者如小拳，小者如豌豆，尤以池塘里为多。

夏秋间，是吃田螺的好季节。我们平日里在水田或溪圳里捉鱼、虾时，看到田螺，也会捡来积攒着。那时村边池塘众多，或深或浅。很多池塘岸是石头砌的，或者是打了石灰三合土，因长年池水浸泡，壁上小孔小洞众多，凹凸不平，不少地方甚至长满青苔。这样的塘岸，也是田螺喜爱吸附的地方。在深水大塘岸边，我们有时匍匐在岸

上，光着手臂伸入水下，就能摸出几只田螺来。有的田螺成堆吸附在一块，摸起来就更带劲了。而在浅水的池塘，经常有大人或者孩子，下到池塘里，沿着岸边掏孔洞，摸田螺，叮叮，丢入随身携带的脸盆或桶子里。

田螺里多泥沙，刚捡来的田螺往往要浸泡一两天才能吃。池塘里的田螺，外壳多生了一层青苔垢，看起来较脏。浸泡在清水里的田螺，不一会就全都动了起来，壳尖朝上，腹面原本紧闭的圆厣皮伸了出来，露出软软的小触角头以及强劲有力的大足肌，缓慢爬动着，蠕动着，有的甚至爬到了盆桶内壁的水面处。厣皮是一个奇怪的构造，它像一个圆盖子，薄薄的，硬硬的，深褐色，紧贴发达的足底，宛如盾牌，守护着田螺的门户。在自然放松状态，田螺的厣皮和足肌伸出壳外。稍微触碰它，或摇晃盆桶，田螺便迅速把身体缩进壳里，用厣皮严严实实地盖住壳口。任凭你有手指甲抠挖，也难以将厣皮抠出来，它反而闭合得更紧了。事实上，我们吃田螺，也主要是吃紧贴厣皮的肉质足。

吐过泥沙的田螺，在下锅之前，需要剁掉屁股，反复淘洗。剁田螺屁股通常用猪草刀和猪草砧板，我一向很喜爱干这个活。蹲在地上，左手从盆里摸出一只田螺，放砧板上摁住，右手咔嚓一刀下去，将壳尖一小截剁下，顺手丢入另一个盆碗中。剁田螺也有讲究，屁股不能剁得太少，否则，吃时一则难嘬，二则黑乎乎的田螺屎太多。一大碗田螺剁好，砧板上留下一摊子湿漉漉的屁股碎渣和无数的刀痕。后来

家里有了胶钳，我也常用胶钳剪田螺屁股。

剁好或剪好的田螺需要捣洗好几遍，我们通常是用刷菜锅的竹筒。这个特殊的竹器，方言叫筅竹，是用一节直径寸许的竹筒做成，上部保留竹节，下部锯掉竹节，劈成内外好几层细长的篾丝，大小如牙签。手握筅竹反复捣水盆里的田螺，哗哗有声，能将田螺外壳上的苔垢捣洗干净，光光溜溜。

故乡人家炒田螺，多数是打干锅，先把清洗后的田螺炒干水分，再放茶油，与姜丝、蒜子、青辣椒或红辣椒同炒，撒上盐和别的调料，炝水翻滚煮沸后出锅。也有的是先将田螺水煮一番捞出，再炒。若是摘来新鲜的紫苏叶，切碎了炒田螺，则更香了。

并非每个人吃田螺都会嘣，有的人就不善于此道，嘣了半天，田螺肉依然在壳里面。为此，他们常借助于一根筅竹棍，先挑去厣皮，再将田螺肉挑出来吃，弄得满手是油汤。我嘣田螺很有经验，一般是筷子夹住一嘣，田螺肉就到嘴里了。有时实在嘣不出，或者从田螺屁股上先嘣一两下，或者拿一根筷子头将田螺肉索性往里面推塞一下，再嘣，嚯的一声，就出来了，嚼嚼，咽下，滋味浓郁，妙不可言。

我母亲曾做过干豆腐渣炒田螺的美味，于今想来，依然口有余香。过年的时候，家里做了豆腐，母亲会将豆腐渣与油、盐、葱、姜、蒜同炒，拍成一个个小圆饼，再烘干。这样的干豆腐渣，经过发酵之后，特别香，又经久不坏，可直接油煎做菜。炒田螺时，放一两块干豆腐渣，压成粉，撒上香葱丝，红辣椒灰，糊糊的，吃时别具风味。

吃田螺时，常会吃到田螺仔仔，大田螺里尤其多，小砂粒似的，一大包。田螺是一种卵胎生动物，其生殖方式独特，胚胎和仔螺发育均在母体内完成，差不多需要一年的时间。当一批仔螺产出来后，母螺随即交配，又开始孕育来年的幼仔。

吃田螺也有一怕，就怕吃到死去多时的臭田螺。臭田螺奇臭，不经意嘣进嘴里，令人恶心，吐沫连连，要用茶水好一番漱口。在乡间，有一则关于吃臭田螺的笑话。说是两个盲人，在盛夏酷暑嘣田螺。一人不小心，将一只嘣到嘴边的田螺肉掉桌底下，他俯下身子，一阵探索，摸到了，塞进嘴里一嚼，臭的！“这田螺坏得好快呀！掉地下就臭了。”他说。另一个搭腔说：“这什么天哎，好滚（热）得呢！”其实，他捡到嘴里的是一团臭鸡屎。

乡间也有田螺精变成漂亮姑娘，偷偷给一个年轻农夫做好菜好饭的美丽传说。父亲每次给我讲起时，我都羡慕不已，希望自己长大了，也能遇着这样一个田螺姑娘。

在我的童年时代，那些丢弃的空田螺壳，能制作玩具。我们挑选一些指头大的，用石子在壳上敲一个小孔，用绳子串起来，在青石板巷子里，或者在禾场上，玩跳屋的游戏，乐此不疲。

每年，村里的池塘，都会干塘捉鱼。有时，一些池塘干了，暂时不蓄水，留作种稻秧。许多日子，在池塘的泥面上，无数田螺爬行的轨迹，像一幅幅巨大生动的地图。

水蚌

如今的故乡，大约连一只水蚌也难以遇着了吧。不过在旧时是有的，而且很多。水蚌又叫河蚌、蚌壳，故乡的方言里叫铲壳，我猜测是否其形状颇像锋利的铲刀之故。

在我的童年里，故乡的池塘众多。而这些野生的水蚌，多是生存于池塘的淤泥。虽说平素我们在稻田里也有看到水蚌，但多数个头都很小，或如指头，或如调羹，扁扁的，爬行在泥面上。这些水蚌太小，我们捉鱼、虾时，是不屑于捡拾的。真正为我们所喜爱的大水蚌，通常要在干塘时才有。

那个年代，村庄各生产队的池塘，每年在早稻种秧、端午节、中秋节、霜降摘油茶、过年等几个重要的时间节点，都会干塘捉鱼。干塘是乡村的一件大事，每次都会引来众人围观，盛况空前。随着池水渐渐见底，池岸边的大鱼小鱼、田螺乃至水蚌，会挠得人心痒痒的。岸上的孩子，总会趁人不备，下到池塘边捡田螺，挖水蚌，甚至偷捉一两条鱼上来。不过这样的情况，难免招致成人的驱赶和责骂。

塘底干涸，绝大多数的鱼儿，随着余水归集到最低洼处，奔突游弋，泥面上爬行的田螺更一目了然。便有管事的成年男子，卷着裤腿，赤脚下到池塘，提着桶子，沿着塘岸周边捡田螺，挖水蚌，捉了来不及游走的鱼儿。水蚌通常是隐藏在泥洞里，半拳大的一个或圆或扁的洞，手掌挖进去，往往就能掏出一只大水蚌来，也有的是大田螺。有的泥洞子，会朝上空突然射出一条水线，不用说，那里准有一只水蚌。这种景象，我们叫铲壳拉尿。塘泥里的水蚌，多半很大，有的老水蚌，大过手掌，黑乎乎的，拿在手里很沉。一通田螺、水蚌捡挖下来，往往能得几大桶。与此同时，捉鱼的成人也正忙得不可开交，一只只谷箩筐里，满是大鱼小鱼，愈发引得岸上围观人群亢奋。

当鱼儿捉得差不多了，一担担鱼挑上岸，早已急不可耐的围观人群，从四周冲进池塘，捡田泥，挖泥鳅，摸水蚌，捉漏下的鱼儿，个个都有所获，真是一个欢闹的地方。

水蚌拿回家，不能立刻煮了吃，通常用盆桶装了水，浸泡三四天，让它们排出泥沙粪便。之后，再拿了刷子，将一只只水蚌壳刷干净，

光亮乌黑，有的呈黄褐色。

在故乡，水蚌素有滋阴的美誉，妇女吃了尤其好。蚌肉煮海带，蚌肉煮白饭豆，蚌肉煮肚子眼饺粑，是村妇们爱做的三种美味。煮时，先将洗净的水蚌放锅里煮一阵，待其死了，蚌壳张开，再全部捞出来，抠出软软的蚌肉，挤去黑绿色的粪便等脏物，用水淘洗一番，复投入原汤中，或与海带，或与白饭豆，或与粘米粉捏成的算盘子大的肚子眼饺粑一同熬煮，一大锅，汤汁雪白，香气浓郁。

那些剥了肉的水蚌壳，壳内光滑而白亮。只是两张壳内边缘对称的地方，总会紧黏着一小团圆柱状白色的小肉，十分致密，用指甲都难以抠下来。小时候不明所以，是后来才得知，这原来是水蚌的闭壳肌，强劲而有弹性，靠其放松或收缩来开合两张蚌壳。水蚌的大空壳，我们儿时常用来刮老砖墙上的白墙硝，一只刮，一只装，点火燃着玩。

水蚌喜爱肥水塘泥，在村边靠近牛栏、猪栏、茅厕的池塘里，水蚌长得更多更大。水蚌也需有鱼类，才能让它们的受精卵发育而成的钩介幼虫寄生。以后幼虫继续发育，脱离鱼身，落入水底，成为一只只幼蚌。

如今的故乡，早就没有了牛，没有了猪，甚至连茅厕也没有了。原先众多的池塘，或干涸，或荒废，已鲜有养鱼的。水蚌生存的环境没有了，又怎能寄希望与一只土生土长的野生水蚌相遇呢？

螃蟹

端午节过后，天气趋于炎热，村前的江流水温上升，游泳洗澡的人便多了起来。

童年时期，每到傍晚，来江边洗澡的人尤其多，都是男童、少年、青年和中年男子，女性无论老幼，是不会来的。男童和少年们主要集中于一处名为“大湾里”的江流拐弯处，这里水宽而深，除岸边耸立一面石壁外，江水里并没有乱石。他们往往是脱了衣裤，一个箭步，飞身跃进江面，溅起一片片浪花，要隔上一阵，才陆续从水面下浮出一颗颗湿漉漉的头，脸面生动，十分开心。江面上，人声鼎沸，蛙游

的，仰游的，立着踩水而不沉的，潜水的，故意在水下拖别人腿脚玩的，打水仗的，真是一个热闹的欢场。青年和中年人洗澡，则安静多了。他们有的在大湾里上游的浅水区，站在齐腰身的水里，拿了澡帕子搓洗全身，不时泡一泡；有的在离江岸很近的一处水圳的宽阔处，一面舒舒服服地坐在圳底的青石板上泡着擦洗，一面谈天说地。要天全黑了，星光满天，或朗月东上，游泳洗澡的地方才会复归宁静，只余下流水默默，蛙鸣虫吟，夜风吹拂。

相比而言，整个盛夏及秋后的一段时间，江流更是男童和少年的乐园。他们不单是傍晚下水游泳，差不多从半晌午开始，江水里就会有三五成群的身影了。要不是害怕于父母的打骂，他们整日光溜溜在水里泡着玩着都乐意。

那时江岸的植被十分茂盛，垂柳、白杨、苍柏、油桐、梧桐等高树成排，各种灌木、荆棘、小竹子、藤蔓、野草丛生。在这样的地方，

多有青蛙、泥蛙躲避，岸边的泥洞和石洞，更是螃蟹、团鱼的家。

捉青蛙、泥蛙，挖螃蟹、团鱼，是男孩们乐此不疲的事情。而那时的螃蟹也多，大的如巴掌，小的似指甲，八足横行，斜突一对短棒眼睛，舞着两只大钳子。晴好的天气，螃蟹爱爬出水面，或在江石上晒太阳，或在灌木底下乘凉，或在洞穴门口溜达。螃蟹眼尖，见有人来，赶紧逃跑，直往水面或洞穴里钻。男孩子见到了，哪有肯轻易放过的？

捉螃蟹需防夹手指。它一旦无路可逃，就会停下来，怒张锯齿般的大钳子，与人对峙。不过，最终败下阵来的，总是螃蟹。我们捉螃蟹，多从它的背后下手，摁掐住它的背腹，纵使它双钳挥舞，八足乱蹬，也是徒劳了。而后，咔嚓咔嚓，折断它的两个大钳子，解除武装。

一路沿着江岸边浮游，搜寻灌木和荆棘掩映下的螃蟹洞子，是我们热衷干的一件事情。往洞子里挖螃蟹，整条手臂伸进去，手指张开，实施擒拿。不过，也常有人被螃蟹夹得哇哇哭叫。螃蟹夹住手指，你越挣扎，它夹得越紧，夹出血，痛彻心扉。此时需将它放开，最好是让它回归水下。螃蟹遇到水，松开手指，逃之夭夭。挖螃蟹时，最怕遇到蛇。有的时候，手刚伸进洞子，里面触摸着滑滑凉凉的，一条蛇箭杆一般从洞里射出来了，窜入水面，将人吓得半死。灌木下，洞子边，也常能发现死去的螃蟹残肢和外壳，不知它们是自然死亡，还是被蛇或别的动物抓住后吃剩的。

浅水滩头的江石下，也多有螃蟹。许多时候，我们站在湍急的浅滩，俯身弓背翻那些乌黑光亮的江石，每翻开一块小石头，就能看到小螃蟹在清水里逃跑，一把抓住。这些螃蟹，背壳黑亮，腿脚短小，即便它蹬腿挥钳，我们也不怕。捉着它们生吞活剥吃了，或者拿着玩，都是件乐事。

在村前的这段蜿蜒江流里，螃蟹最多的地方，无疑是上游和下游的两个江洲。上游的江洲叫江塘坪，下游的叫桃子坪。江塘坪离村子更近，其上面是一道长长的石坝，下面是石桥，我们到邻村上小学，需从这里经过。江坝落下的水瀑，一分而三，将江塘坪分隔成两大块，坪上青草繁茂，杂树丛生。两块青草坪之间，是一个大而圆的深潭，我们叫泛氹，江坝的主泄水口正对着泛氹，泛着白沫的江水滚滚而来。江塘坪多石，多大大小小的水氹，多大大小小的石洞，多宽宽窄窄的清水石巷。我们上学放学的途中，从石坝顶走过，常会看到成群的螃蟹在起起伏伏的江石上晒太阳。这里自然也成了我们经常捉鱼虾、挖螃蟹兼游泳的好地方。

螃蟹壳多肉少，我们小时候捉螃蟹，多是出于玩耍。捉到了，也多半是生吞活剥着吃。有时抠开螃蟹的肚皮，放点盐进去，丢在柴火里煨熟了吃。作为菜肴，我的母亲一般是将螃蟹的外壳和腹下那片三角形的肚皮去掉，油煎一番，黄澄澄的，炒青辣椒或红辣椒。

团鱼

旧时村人在闲暇里打扑克牌，喜欢在簿子上画乌龟、团鱼论输赢，先画一个圆圈，接着是脑袋，而后四只脚，最后一条尾巴，画满了一只的人，钻桌底以示惩罚，或者是在输者额头、脸颊、嘴边贴白纸条，贴得像一个白胡子老翁。

那时候，村庄的生态环境保持得还好，乌龟、团鱼，都还是这方山水的穴居者。比较而言，江溪、水塘、稻田等处，团鱼更常见。长久以来，村人的认知里，乌龟不能吃，在野外捉到了带回家，是一件不吉的事情，尤其不能带进日常起居生火做饭的那间灶屋。由此，村

人少有捉乌龟、玩乌龟的。不过，在青砖黑瓦大厅屋的长方形天井，遇到暴雨天，天井水满，偶尔也会看到有小乌龟从泄水的石洞里钻出来，在旁边伸着脑袋浮游。待雨水消退，乌龟又不见了踪影。小时候，我家居住的老厅屋的大天井，就穴居着这样的乌龟，据说是前人捉来放进去的，有了它，细小的泄水阴洞就会保持畅通。

团鱼与乌龟，看起来像一对兄弟。只是团鱼背壳更扁，也没有乌龟的长尾巴。团鱼学名鳖，别名较多，诸如甲鱼、脚鱼、驼鱼、水鱼、王八。独王八一名满含贬义，意指妻子不忠的丈夫或无赖之徒。村庄男人，最怕别人骂作王八，或者王八蛋、王八羔子，甚至老王八。

其实，对于男人来说，无论年纪大小，都很喜欢捉团鱼。团鱼肉质细滑，无论做清炖团鱼汤，还是辣椒炒团鱼肉，味道都好得很。再者，团鱼血滴入红薯烧酒，男人喝了，据说有滋补身体之效。

团鱼味美，要捉到却也不易。江面上，池塘里，在天晴的日子，有时从岸边路过，就能看到有团鱼浮着晒背，恰如一片旧瓦。团鱼胆小机警，遇有响动，就赶紧钻进水中去了。

团鱼多是穴居，或石洞，或泥洞，躲在水面之上的岸边隐蔽处。团鱼与蛇是好友，常共居一穴。小小的蚊子，却是团鱼的天敌，团鱼一旦被蚊子叮，便很快会死去。而村人在夏秋间燃谷壳或秕谷熏蚊子时，有时也敲一小块团鱼背骨放入其中，蚊子逃之夭夭，唯恐避之不及。

村人捉团鱼，有不少行家里手，他们能识别团鱼足迹。江边的软

泥沙上，常有密布的小足迹，有的是鸟儿的，有的是团鱼的。这些看似纷乱的足迹，大致也相仿。他们能分辨出哪些是团鱼的，朝着哪个方向去了。沿着这些足迹，有的团鱼通往了水中，有的停止在某处泥沙下，有的则进了隐蔽的洞穴。他们还会判别水下团鱼的气泡。团鱼在江底或池塘底行走，有时会在水面鼓起一串细长水泡。捉团鱼的人，往往就会在这片水域附件寻找它的藏身之处。

挖团鱼是村人常用的方法。夏秋间，下江游泳，沿着江岸仔细搜寻团鱼的洞穴，伸臂探入掏挖，运气好时，能捉到或大或小的团鱼。也有人热衷于钓团鱼。团鱼喜食臭肉，钓时以前一天拍死的已发臭的小蛙为饵。钓竿、钓线各尺许长，钩上臭蛙。有经验的人，多于傍晚时分，将十来根这样的钓竿，分别插于江岸的团鱼洞穴口。第二天一

早来查看，常有收获。还有一种捉法是用瓦瓮，瓮里加水少许，埋置于团鱼洞穴口，夜里团鱼出洞，扑通掉入瓮中，天明来捉，正可谓瓮中捉鳖。

往年里，村中干鱼塘，常有人在塘泥里踩到团鱼，捉入盆中，大喜过望。夏日大雨涨洪水，淹没稻田，待洪水退去，在江岸的稻田也不时会有人捉到团鱼。记忆中，我印象最深刻的一次捉团鱼的经历，是在一个夏夜。那天晚上，邻村放露天电影，回家时，在村前水圳边的石板路上，我突然踩着一块软硬的东西，吓了一跳。旁边的人用火光一照，竟然是一只大过汤碗的老团鱼，真是意外的收获！

辣椒炒团鱼肉，自然是饭桌上的美味。一番饕餮下来，只剩下一块完整的甲壳和一堆细碎的骨头。

数十年农业化肥的使用，对野生动物的滥捕乱杀，导致生态环境急剧恶化。同许多消失了的水族鱼类一样，野生团鱼如今在故乡的山水间已难觅踪影。不过，村人对团鱼肉的喜爱依旧如故。每年村里人家办喜事酒席，常会上一碗辣椒炒团鱼肉。只是，这些团鱼都是从圩场买来的养殖团鱼，味道也远逊于从前。

我在报社做记者时，有一年夏天，一个山村突发霍乱。后经卫生防疫部门调查检验，病原体正是来自村宴上的团鱼。闻听此言，我心中顿时一悲。

虾公

村中曾经有句俗话："塘里无鱼虾也贵。"

这话的含义，固然是多方面的。可仅从字面上理解，也可引申为家庭成员及社会关系的单薄，甚至可以扩展为其他多重寓意。

如果说，以前村人说这句话，引申意义大于字面本意。那么现在，这句话则成了当下乡村水生环境的写实。

可在三四十年前，情况不是这样的。那时故乡的江流、溪涧、水圳、池塘、水井，哪处没有鱼虾？

在故乡，虾叫虾公，多是黑色的小虾，腿足如须，身子弯弓细

瘦，还不及一个指节长。这虾喜爱群居在水草丰茂的地方，特别是长满了如绦丝草的江段和溪圳，流水清澈，虾公更多。虾公在水草边浮游、弹跳，十分敏捷，要想徒手抓住，还真不容易。我们小时候在田野捉鱼，捉泥鳅、黄鳝，对于这些小虾公，是十分不屑的。偶尔在清水里捉到几只，塞入嘴里生吃，似乎有一股咸味。也有一种大的虾公，我们叫木虾，有食指粗长，体色泥黄泛白，前面一对粗大长须。这种木虾平素少见，我们在江洲边的小水氹或石头水巷里捉鱼、挖螃蟹时，偶有捉到。

曾有好些年，村中妇女倒是在盛夏时节热衷于捞虾公。捕捞工具，多是自制的简易捞网：剪一块尼龙丝网或纤维化肥袋，缝在从旧竹筛撤下来的 U 形竹片框上。我的母亲，就曾用这样的捞网，在水圳边捞虾公。

有的时候，几名妇女一同结伴捞虾公，她们腰间绑着一只竹篮筐，筐里放一只碗或一只铜勺，沿着村前的水圳和江流，一直往上游而去。捞虾公时，她们一路走在齐腰或胸口的水里，沿着草岸边一次次刮捞，用碗或勺子，装了网底弹跳的虾公和小鱼，倒入篮筐。偶尔在虾多的地方，一网甚至能捞到一碗。盛夏高温，离水的虾公易死，为此，她们常摘了大芋头叶，放在篮筐里遮盖。

酷暑时浸泡在江水里捞虾，人易中暑。有一年，村中一名妇女，突然在江水里晕倒，幸亏同行的人及时发现，才避免了一场意外事故。

捞回家的虾公，用水漂洗一番，剔除草叶、泥沙等杂质，倒在禾场上摊开晾晒。不一会，原本黑色的虾公，就成了白色。再过一阵，又变成了一片通红，正应验了俗话所说的——死了虾公满身红。待傍晚收起，已是一堆干虾公。

干虾公炒青辣椒、红辣椒，是夏秋间村人经常能吃到的菜肴。若是再和上一些切碎的酸风菜或者酸豆角，香辣开胃，更好吃。干虾公能长久保存，冬日里炒腌着的剁辣椒，下酒下饭，风味绝佳。

后来，有一种类似小牙膏似的癫药被村人从圩场买了来，专门用于捕捞虾公，则无异于大规模屠杀了。用时，在江段或溪圳上游挤一管，沿途便都是在水面呈癫狂状态浮游的小虾，黑压压的。不胜药力的虾公，纷纷死去沉下，被流水冲走。流水也冲走了岁月，冲走了曾经鱼虾丰美的乡村记忆。

第四辑

馐

（上篇）

米豆腐

哪怕一碗米豆腐，在我的童年里，也曾是长久巴望的理想。

在故乡的方言里，米豆腐叫绿豆粉（方言读音），这让我一直很是费解。其实，米豆腐与绿豆之间毫无瓜葛，不知为何竟把二者硬扯在一起了。不过，我倒是觉得米豆腐这个名字好，有质地，有形状，甚至也有了色彩。

旧时故乡的习俗，米豆腐是用于春节期间待客的，一年中只有这会儿家家户户才做。通常而言，是在除夕前做好，因为到了正月初二，就有客人来拜年了。那时生活简朴，寻常人家要办一桌或几桌丰盛的正餐待客，耗时较长，为免客人挨饿，就先煮米豆腐让大家填填肚子。早上吃米豆腐，叫作打早伙，临近中午吃，叫打中伙。

做米豆腐用的是粘米，量两三升，用清水浸泡，要泡好几个小时，泡得米粒膨胀翻开，手指一拧便成粉末方好。有的人家为了让米豆腐色泽看起来更好，在浸泡米粒时，剥一两个黄栀子球放进去，这样泡米水就染成淡黄色。而后，连同盛器一并端到手磨上，推成浓稠的米浆。

接下来便是在灶火上熬煮米浆，掌锅的多是一家主妇，手中的一只长柄菜勺需一直不停在锅里搅动米浆，以免沉淀煳了锅底。米浆沸腾，越熬越稠，香气氤氲。这时，将事先用小杯浸泡的生石灰块，滗出石灰水来，洒入锅中搅匀。米浆已然黏稠，用一根筷子不时插入拖出，若能扯成丝，就算熬煮好了。端了大锅，将滚烫的糨糊倒入清洗干净的簸箕，任其自然流淌开来。冷却后，将这圆圆厚厚的一大块，用菜刀横竖划切成团，状如方砖，就是米豆腐。也有的人家，让糨糊直接在锅里慢慢冷却凝固，这样的话，下面可能焦煳，且刀划的米豆腐纵深太高，不及簸箕里的米豆腐看起来匀称漂亮。

春节期间来了客人，打早伙，打中伙，先熬半菜锅好汤料，或瘦肉丝、油豆腐丝，或油炸肉切碎，或油炸鱼切碎，或临时从水缸里捞一两条养着的鲫鱼、鲤鱼杀了切块，放上红红的辣椒灰，油盐姜葱，黄豆土酱油，喷喷香香的，看着就有了食欲。而后另用大水锅烧水，拿出几大团米豆腐细刀切碎，方方正正，淡黄光亮，大小如同霉豆腐，

哗啦哗啦倒入锅中煮软煮热。每一只大碗，捞一大半碗热热的米豆腐，盖一勺子内容丰富又香香辣辣的汤料，一人一碗，大快朵颐。个个吃得红光满面，微汗直冒。

只是很可惜，这样的美味，我们一年中通常只能在春节间吃到。素常的日子若想吃，只能到十里山路之外的圩场。于是，我就特别渴望我的母亲和我的姐姐能带我去赶圩，吃上一碗米豆腐。记得有一回二姐终于答应我了，前提是要我先与她一同抬了杉树上圩场卖掉。

那个时候，村里稍有力气的人，在农闲时背树卖已渐成风气，找三两元本钱，先走几十里路到林区买一两棵杉树背回家，到赶圩的日子，再又背到圩场卖掉，以此赚几角的苦力钱。

记得那是一个寒冬的日子，我和二姐抬着她的杉树，一路磕磕碰碰来到圩场的树行，斜搭在墙上巴望买主。有卖米豆腐的摊位就在附近，简易的长凳和木桌，红红的汤料，热气腾腾的米豆腐，令人垂涎。好不容易等到下午，饥肠辘辘，我们的杉树终于卖掉了，二姐不负承诺，带我去吃了一碗香喷喷的米豆腐。

二十世纪八十年代，郴州本土作家古华，写了一部长篇小说《芙蓉镇》，获得了首届茅盾文学奖，里面的主人公胡玉音就做得一手正宗的湘南米豆腐。只是后来同名电影却在湘西拍摄，名声大振的芙蓉镇米豆腐，让这个拍摄地风光无限，吸引着无数游客前往观光品尝。而真正风味独特的湘南米豆腐却一直默默无闻，不能不说是一种遗憾。

米饺粑

农历二月初一，是旧时故乡的祈鸟节，这一天也叫二月祈。大地春回，鸟儿日多，一年的农事又将开始了。稻谷、麦子、高粱……庄稼的收成，除了靠天气和人工，也靠鸟儿啄除虫害而使其少吃谷物的颗粒。由此，在这个特殊的日子，卑微的农人向众鸟虔诚祈祷一年的丰收，为示诚意，专门做碱水饺粑，切成指头大的小团，插于诸多砍来的小竹枝之上，而后一一插竹枝于田间，请众鸟啄食享用。

在故乡的方言里，饺粑（读音）是一切谷物所做粑子的统称，诸

如麦子饺粑、高粱饺粑、花麦饺粑。而稻米做的饺粑品类尤多，比如碱水饺粑、粘米饺粑、肉饺粑，大小形状各异，或大如脸盆，或小若巴掌，或圆，或呈半月，种种饺粑，各具风味。

碱水饺粑，顾名思义，是放了碱水的。在故乡，所谓的碱水，就是生石灰水。那时候，村庄有石灰窑，就建在附近石山脚下的小路边，常有人在那里挥着大铁锤，将放炮炸下的大青石砸成小块，装进窑里焚烧。烧成的石灰块，就是生石灰，方言叫石灰坯子。村里人家建房屋，就需要到这里来购买生石灰，而后放进简易的水池，散热溶解后，化成石灰浆，用来砌墙和粉刷。村里人家在冬日里生炭火的时候，也常在炭块间放上几块小小的青石块，同样能烧成石灰坯子。石灰坯子也是乡村良好的干燥剂，放在瓦坛下部，垫上纸，上面存放各种干货，能长时间不潮不坏。

做碱水饺粑，用的是粘米，浸泡时，有的人家为造色，会剥一两个黄栀子球放进去，染成淡黄色。与此同时，另用一只小碗或瓷调羹，浸泡一小块石灰坯子。当粘米浸好，将石灰水倒入其中，搅匀后上磨推成米浆。

与做米豆腐熬煮米浆不同，碱水饺粑是一层层蒸熟。蒸时需大火，大水锅置于灶上，锅内放一蒸笼，笼底垫上三两层细纱布，当热水沸腾，汽蒸如烟，从盛浆的盆子里，用长柄铜勺舀一勺米浆倒在细纱上，并以勺底均匀摊满笼底，盖上锅盖。片刻，揭开锅盖，此时笼里米浆已熟，再舀一勺米浆倒其上摊匀，复又盖上。如此反复，七层或九层，一锅碱水饺粑方算蒸好，端出来，倒入簸箕，圆圆厚厚、热热乎乎的一大块，像巨饼。垫布从饺粑上揭下来，重新清洗一番，再蒸下一锅。

自然，这一天，最尊贵的客人是鸟儿。各家将蒸好的碱水饺粑取少许，切成小坨，插在竹枝上，犹如一枝枝竹花，用篮子提了，插于园土和田地，供鸟儿啄食。插时念道："鸟公、鸟婆，不要吃我的谷，不要吃我的禾，来吃我的饺粑坨。"

碱水饺粑染了黄栀子水的色黄，未染的色白，村人通常蒸出两种味道：一者用于趁热现吃的，放了盐和葱花；另一种则不放葱花，盐味略淡，用于冷却后切片煮汤或炒食。

这几天中，我们将碱水饺粑当正餐，多是切薄片氽汤，放上葱丝、油、盐、酱油，香喷喷的。那些饺粑薄片，淡黄如玉，光光亮亮，层次分明，有着碱水的味道，十分可人。

我读中学时，故乡还有着这个风俗。在上学的路途，看到两旁的田土上，插着一枝枝挂满碱水饺粑的竹子，众多的鸟儿，在叽叽喳喳地飞来飞去……

比起碱水饺粑来，做粘米饺粑更费功夫。母亲做粘米饺粑时，先是量三五升粘米浸泡，为让做出来的饺粑更软和，也会加一点糯米进去。浸泡透的米，用筲箕装上，滗干水分，而后端到碓屋里捣粉。簸箕、团箕、粉筛、扫帚，大大小小的器具，都拿到碓屋去派上用场。碓屋是各房族的公共财产，通常是一间并不太宽大的瓦房，里面安装

了一套原始的木石装置，以脚力踩踏捣粉。其前方是一个埋在地表下的青石臼；后方是一个长方形的石坑，石坑前端的两侧各立一根三四尺高的大青石方柱；连接石臼与石坑的，是螳螂形的结实大方木，通过木榫卡在两石柱间的竖槽里。捣粉时，人的一腿站立石坑边，双手扶着石柱，另一脚用力踩踏大方木尾翼，带动大木前端垂直向下固定的硬木捣槌，一上一下，反复捣击石臼里的米粉。捣槌是一根圆杆，底端紧箍着一个光亮的钢齿环，长度超过石臼的深度少许，恰如伸进花朵采蜜的口器。捣粉筛粉，全是细工慢活，极需耐心。捣时脚力不能过度，需不疾不徐，用力恰到好处，否则米粒、米粉从石臼里溅出来，满地都是，脏了，也糟蹋了。若是两人一同踩踏方木尾翼，更要配合默契。石臼里的米粉要一遍遍地过筛，白尘般的米粉飘落在簸箕里，粉筛里的渣子则重新倒入石臼再捣。如此反反复复，将一箩箕米最终捣成满簸箕的粉，这需要很长的时间。

揉粉也有讲究。如用清水和粉而揉，拍成的粘米饺粑易开拆。母亲多是用熟浆揉粉，先在洗刷干净的菜锅倒适量的水，烧沸后，舀一两铜勺米粉倒入，搅拌熬煮成浆。端了热米浆，倒进团箕事先扒成环形山状的米粉中央，而后和粉，揉粉，揉成油润光亮的一大团。再一一截取鸡蛋大的小团，揉成圆球，以双掌心拍扁如白饼，就是粘米饺粑。接下来，灶火上架上大水锅，添水，上蒸笼，将粘米饺粑一锅锅蒸熟，用团箕或箩箕装起来。

新出锅的粘米饺粑，热气腾腾，有着淡淡的清香。母亲用碗装上几个敬神后，我们也用饭碗盛着，或者用筷子插了来吃，热热乎乎，柔软，筋道。冷却后的粘米饺粑，质地干硬，以后或蒸，或煎，或干着吃。对于那时的我来说，怎么个吃法，味道都好得很！

在我们家，母亲手下的粘米饺粑，还会演化成另外两种具有滋补作用的样式，那就是肚子眼饺粑和干米饺粑。

做肚子眼饺粑，也是浸米，捣粉，熟浆揉团。颇为特别的是，肚子眼饺粑不是蒸熟，而是煮汤，且通常是与泥鳅或者蚌壳肉，外加黑豆或者白饭豆同煮。所谓肚子眼饺粑，乃是从揉好的大粘米团上，截取成比鸡蛋还小的团子，揉成丸，拇指、食指一捏，就圆扁扁的，两面中央内凹，如同肚子眼，故有此名。这样煮好的肚子眼饺粑，汤汁浓稠，营养丰富，滋味更是浓郁。

干米饺粑对补肾虚有奇效。那个时代，一年中很难吃得几回肉，人易体虚。于我而言，夜晚尤其爱遗尿。偶尔的日子，母亲量一两升粘米，直接到石磨上推成干粉，以冷水揉团，拍成圆扁的粑子，贴在菜锅里，用新猪油两面煎焦黄，而后再炝水煮汤。煮熟后，一家人趁着香热而吃，碗中的油汤也咕嘟咕嘟喝得精光。

故乡的种种米饺粑，要说最好吃的，我以为当属肉饺粑。

正如旧日村庄的风俗，正月二十五祈雷节吃油菜甘沫，二月初一祈鸟节吃碱水饺粑，到了三月清明节就是吃肉饺粑。清明是乡村最隆重的祭祀节日，上坟扫墓，祭奠祖先。那时的村里人家，上坟除了刨草挂白、焚纸烧香之外，还需摆上一碗贡品，燃放一短挂子鞭炮，淋

酒跪拜，祈佑子孙。这一碗贡品，通常是三样佳肴：一个肉饺粑、一只生鸡蛋、一块油豆腐。

故乡的清明节，扫墓叫挂坟，大约是在坟头插一根小树枝，枝头挂一条白纸之故，且素有“前挂三日哈哈笑，后挂三日变鬼叫”的说法。因此，上坟扫墓多在正清明的这一天，或者提前两三天。过了正清明之后上坟，被认为是给无后人的孤魂野鬼的行善之举。

清明节的那几天，村里各房族的碓屋，都热闹了起来，从早到晚，都不得空歇，主妇们都在忙着捣米粉，筛米粉，轮流排班，你方唱罢我登场。

接下来便是和浆、揉粉、剁肉馅。肉是新买的猪肉，这时节，村里总会有人家一大早就杀了大肥猪。村人的经验，做肉饺粑，最好是用喉部的刀口肉，也叫血丝肉。此处的猪肉，肥瘦适合，软和甜香，清除那些淋巴结即可。葱是自家的新葱，刚好长得又嫩又高又密。肉剁碎，大把的青葱切碎，再和在一起剁匀，撒上盐与胡椒粉，已是喷喷香香。

团箕或者脸盆里揉好的米粉团，软硬适度，搓成手臂粗的长棒。每截取一小段，揉成球，双掌拍扁成白饼，左手托着，右手拿筷子夹一团葱肉馅，放在饼中央。对折一包，成了丰满饱胀的半月，捏紧弧边，就是漂亮的肉饺粑。我的母亲包肉饺粑时，也会包一些三角形的，能放更多的肉馅。

肉饺粑通常是先煮了吃。菜锅里放半锅清水，水沸后一一放进肉饺粑，一大锅，像白亮亮的元宝。煮熟后，汤水也成白色，再放油盐和葱花，香味愈发浓郁了。自然，这样难得的美味，从锅里装出的第一碗，是用来敬神，祭奠祖先。而后，将敬过神的这一碗回锅，全家人就可以每人一大碗，大快朵颐了。那些肉馅多的三角饺粑，更是我的最爱。米饺粑软硬适度，肉馅鲜香，盐味正好，真是人间至味，好吃得很啊！

未煮的肉饺粑，则全部蒸熟。这样的肉饺粑油润干爽，既可趁热拿了吃，也可冷着吃。在我的遥远记忆里，冷的肉饺粑吃起来，似乎更香！

粽粑

再过几天就是一年一度的端午节了，粽子又风行了起来。

我的故乡，粽子叫粽粑。在我的童年和少年时代，故乡的端午节并不以吃粽粑为主。那时小麦大片种植，每年端午节前已然收割，过节的这天，家家户户都是折新梧桐叶蒸新麦馒头。馒头大多包成半月状，里面放了红糖，蒸熟后是棕褐的原色，吃起来十分香甜。

倒是在中元节，村里人家多包粽。故乡的习俗，节前三四天，村人就陆续烧纸焚香，邀请逝去的亲人魂魄来家过节，每餐恭敬地在神台前的桌上摆上新鲜的茶酒饭菜，念叨亡亲享用，虔诚之状，如见亡亲于目前。在中元节这天，各家特地包了新粽，既是招待亡亲的佳品，也是送他们午后离家上路的礼物。

中秋节，故乡的风俗是捣糍粑，也有的人家不捣糍粑而是包粽。更有殷实之家，糍粑、粽粑二者兼有。这也成就了村人口头的一句俗话——“捣了糍粑又包粽”，既言富足，也引申为礼节繁复，多此一举。

二十世纪八十年代中后期，随着小麦的种植在故乡逐年减少，乃至于无，端午节吃粽的风习，又渐成主流。

故乡村旁的枞树林里，曾生长着很多粽叶，一丛丛的，在山溪边尤多。粽叶学名箬竹，叶片宽长，状如碧绿短剑，表面密布道道竖纹，正中央的一根主脉白亮而硬实。粽叶油光发亮，韧性好，能卷曲折叠包粽而不断裂，是村人的不二选择。从山上摘来的新鲜粽叶，清洗后以井水浸泡

待用。

包粽的糯米，村人喜爱用草灰碱水浸泡。取稻草小扎，烧成黑灰，冲水后过滤灰渣，所得灰水即为碱水。用碱水浸泡后的糯米，颜色变成淡黄，再冲洗干净，而后包粽。碱水粽子煮熟后，剥开粽叶，色泽焦黄，油润光洁，吃起来味道更好。也有的人家，在糯米里掺一些花生仁和豇豆，这样便又成了别具花样的花生粽和豆粽。不过，于我而言，我倒是喜欢吃纯粹的碱水粽，软糯、筋道又清香。

母亲包粽的时候，我总是十分钦佩她双手的灵巧。一两张湿漉漉的青青粽叶，在她手中一叠一围，就成了一个空空的大尖角，而后左手轻握，右手从盆里捞了糯米塞满压实，复将粽叶盖住尖角，顺手扯了苎麻绳三五几圈绕绕扎扎，就变成了三角尖尖、紧紧匝匝的粽粑。她的动作如此之快，让我觉得包粽是件十分容易的事情。可是当我也试着包时，那粽叶就不听话了，包成的粽粑松松散散，扎不出那样好看的三角来。母亲包的粽粑，一根绳子往往要绑扎十几个，密密挨着，提起来一大串。

煮粽用的是大铁鼎罐，大堆粽子放进去，水要加满，完全盖住粽。粽粑煮好，通常需要三四个小时，柴火煮的比炭火煮的更好吃。煮好的粽粑，任其在鼎罐里自然冷却，隔日犹温。吃时提一串出来，放于桌上，一家人围坐摘食。若是蘸了白糖吃，滋味又更添了一层。

粽粑能吃几日不坏，剩粽如再煮一番，就更油滋了，吃起来更香。

高粱饺粑

高粱不仅是重要的粮食作物，以其长穗扎制的高粱扫帚也是故乡人家不可或缺的日常用具。大号的扫帚扫地、扫禾场，小号的扫灶台，或者到碓屋里捣米粉、高粱粉时，扫溅落石臼表面的颗粒和粉末，它们的形状大体相同，功用和干净程度却各有区别。这些扫帚大多是各家自行扎制的，不必花钱去买，且随时需要，可随时扎上一把两把。因此，曾在许多年里，家家户户每年都要在园土里栽种高粱。

亭亭玉立的高粱，秆茎笔直，节节分明，其叶如剑似绦，碧绿光

亮，形态十分优美。尤其是在其抽穗结子之后，巨穗高举，色泽由浅黄而至深红，颗粒密集饱满，沉甸甸地俯成圆弧，状若大红公鸡的尾羽，是夏日乡村的美丽景致。这种长穗的高粱，籽粒质地软糯，在故乡又叫糯米高粱。另有一种粘米高粱，穗粗短而直，颗粒大，秆茎也较糯米高粱要矮，抗倒伏性好，做扫帚却不行。

农历七月，高粱逐渐成熟。一批一批的高粱穗砍了下来，挑回家晾晒后，在禾场上击打脱粒，用风车车干净，粒粒通红如珠，光洁靓丽。园土里砍穗后的秆茎，有的尚未空老，多汁水，味甜，家长通常会挑选一些粗壮的，一截截砍成尺许长带回家，是村里儿童和少年尤其爱嚼的甜品。至于用脱粒后的长穗扎扫帚，截取光滑而金黄的穗梗编成圆圆的大蒸垫，

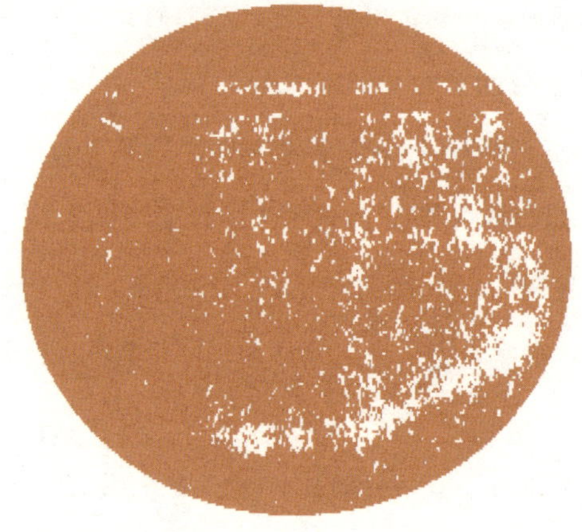

则是这个时节每家都会做的事情。

在故乡，高粱除了蒸酒之外，吃法也有多种。比方说，炒高粱米炮，将高粱子在菜锅里翻炒至膨胀爆裂，炝以盐水出锅，待其冷却后吃，焦香松脆，是夏日佐茶的佳品。再如高粱烫皮，选晴好的日子，量取高粱数升浸泡，在手磨上推成浆，而后生柴火，架菜锅，在锅内刷油，舀一铜勺子浆倒入锅内，双手执锅耳顺时针速速一摇晃，就成了一块圆圆薄薄的烫皮，火上煎熟，喷喷香香。烫皮已带盐味，揭下卷起来，可趁热吃，软软糯糯。但大多是端到屋外临时搭建的草棚子上，密密铺开晒干。干的高粱烫皮焦红色，收藏起来，以后吃时煨烤，酥松焦脆，香味浓郁，是乡间饮茶待客的必备。

更主要的吃法是做高粱饺粑。高粱质地软，糯米高粱更甚。因此，无论糯米高粱还是粘米高粱，浸泡时都要添加粘米，只是量的多寡而已。浸泡后的高粱米，端到碓屋里捣成粉，以粉筛筛过。高粱粉需用冷水和浆，加适量盐水，揉搓成团，再截取成小圆坨，双掌拍扁成饺粑。蒸高粱饺粑是用大水锅，锅内隔水放上高粱梗圆垫子，一个个高粱饺粑铺放其上，略有间距，盖上木盖，大火蒸熟。

刚出锅的高粱饺粑色泽紫红，十分黏稠软糯，以碗盛装，会黏成一团。热高粱饺粑通常用筷子夹了或插着吃，若能蘸上砂糖，味道更好。冷后的高粱饺粑，变得硬朗起来，吃时可蒸可煎。猪油煎的高粱饺粑，两面焦煳，内里软糯，别具一番风味。

穇子饺粑

在乡间，要说口感最粗糙的粑子，当属穇子饺粑。与软糯糯、黏糊糊的高粱饺粑比起来，简直是一个天上，一个地下。

旧时故乡的旱土分为三类：一类土最肥沃，土质呈黑色，质地疏松，土层又深，通常是村人用来种萝卜、白菜、辣椒、茄子、苦瓜、丝瓜、肥菜、风菜等四时菜蔬的园土；二类土是各山沟底或坡地上成片的红壤土，小麦、高粱、红薯、花生等经济作物，大多种在这里；三类土是最差的劣等土，挨着山边，是死硬的黄泥土或砂性土，土层浅而贫瘠。䅟子，就是种植在三类土里。

清明节过后，当高粱、花生已然种下，就点种䅟子。䅟子颗粒小，分量轻，其种植的方法也与众不同。点种前，先将䅟子种与过了筛的柴灰火淤混合均匀，以随手抓一把，里面大约有六七粒䅟子为宜。当挖垦过的旱土开成了一条条整齐的浅行，就可点种了。男子妇女，各人手弯子里提上满满一箩筐火淤，沿着土行施放，每抓一把火淤丢进土行，便踩上一脚，并不用泥土覆盖。这样，䅟子就能与泥土很好地贴紧了，日后能发芽生长。若是盖上泥土，它那微弱的小芽儿恐怕顶不出土面。䅟子点种较密，两两间大约一脚板长的距离。

种下的䅟子，也不需施肥浇水，它们生命卑微，生命力却强大，时间一到，便自然长出一丛丛的幼苗来。䅟子的植株渐渐长高，它们的秆茎笔直、扁圆又多节，色泽浅绿，越长越变得白亮，节上尖细的绿叶有如丝绦，长过尺余。

䅟子的秆茎味甜，是我们童年里爱嚼之物。但其韧性却出奇之好，很难折断。我们常挑大秆茎的，或以刀割，或连根拔下。䅟子植株不会长得太高，二三尺许，出穗时，穗立茎端，状如略略抓握的五指，毛茸茸的，浅绿色。以后穗子慢慢丰硕成熟，终成深紫色。

收䅟子是以镰刀割穗，用箩筐装着，挑回村里后，倒在禾场上晾晒。䅟子穗硬实粗糙，需用连枷重击，方能脱出颗粒，也就是䅟子，粒粒如丹砂。土里的䅟子秆茎，则割倒晒干，以后一把火烧掉，化作这贫瘠之土的肥料。

在夏秋间，䅟子多是用来做饺粑。䅟子颗粒微小，质地又十分粗糙，通常在浸泡时掺和适量粘米或糯米，再上手磨推成粉。磨好的䅟子粉，以冷水和浆揉团。那时的故乡，䅟子饺粑多是拍成扁圆如饼，蒸熟了吃，十分糙口。我的母亲有时变换花样，以油盐将切碎的辣椒或茄子炒至半熟作馅，包成鼓囊囊的半月状，就如同肉饺粑一样。这样蒸好的䅟子饺粑，味道好吃多了。

在冬闲时节，也有的人家将䅟子和上粘米，用木甑蒸熟，凉后拌酒药粉装坛，酝酿月余，再以土法蒸馏二三十斤䅟子酒。䅟子产量低，即便在乡间，䅟子酒也是不可多得的佳酿，价钱比红薯烧酒要贵上许多倍。

花麦饺粑

对村人常挂在嘴边说叨的一则笑谈记忆犹新。其意是告诫读书之人，纵然有了出息，也别忘本。

说是有一个进城念书的年轻人，某日回村，跟随父亲去劳作，其时路边土里的作物长得正茂，红红的秆子，开着白色的繁花，便打着城里学来的腔调明知故问：“这红秆秆打白花，是什么东西?”老父一听，火了！这个死崽，才进城几天啊，就忘本啦？随手捡了根棍子，劈头盖脸就是一顿好打。年轻人痛得边逃边用方言嚷嚷：“救命啊！花麦土里打死人!”父亲追着怒骂：“你个畜生！还晓得这是花麦啊!”

每次大人们眉飞色舞讲起这个笑话，伴着夸张的表情和动作，听者和说者无不哈哈大笑。我那时还小，却也已读书，这笑话最终自然会引申到我们这些乡村读书孩子的身上，被加以告诫。那个时候，还是大集体生产，花麦的种植，在故乡十分普遍。对于这种农作物，我自然也很是熟悉。

花麦的学名叫荞麦，也是那时乡间的重要粮食作物。因其耐贫瘠，产量低，村里多是种植在挖垦后的油茶山上。又因它的生长期短，从点种到收割，才一百天左右。故村人一年常种两季，春种一季，秋种一季。

清明节之后，点种春花麦。花麦种拌进草灰火淤，一抓一抓丢进开成土行的山岭上，以松土覆盖。以后无须施肥和管理，任其自然生长，开花结子。花麦的植株很耀眼，光滑红亮的圆秆子，状如香棍，高一二尺许，上部多分枝，叶片若三角心形，有小孩子的巴掌大。待到开花之时，山上的绿树空地间，就像浮着厚厚的白雪，异常靓丽。

在我故乡往南的深山数里外，有一个小村叫花麦冲，田少土少，多种花麦。据说那里出产的花麦，是我们周边品质最好的。也不知何故，在村人日常的口头词语中，有一个“花麦嘴巴”的专有词，略带贬义，指代那些尤其能说会道之人。

花麦结子成熟后，连秆割了，用箩筐筛子挑回村，铺在禾场上晒干。打花麦有专门的花麦棍，多是笔直的油茶树小枝条，长二尺许，手指粗。打花麦时，每人双手各执一棍，蹲于地上，对着面前拢成堆的花麦梢头均匀敲打，那些三角状的黑色硬壳小籽粒，便纷纷脱落下来。花麦秆是农田的好肥料，花麦籽则用风车车除杂质。

紧接着，山上的花麦地重新挖垦一番，点种秋花麦。

在故乡，花麦多用手磨推成粉，蒸花麦饺粑。花麦壳坚硬而粗糙，推成粉后，需用粉筛筛除碎壳。白色的花麦粉以冷水和浆揉团，略带盐味，再切成三指宽、中指长、手指厚的长方块，放在高粱秆做的笼屉里蒸熟，就成了黑乎乎的花麦饺粑。花麦饺粑很好吃，软硬度介于高粱饺粑与䅟子饺粑之间。

花麦具有利水的药效，在乡间，以老花麦籽熬水喝，是治疗水肿病的良方。

同许多杂粮一样，分田到户之后，随着水稻亩产量的提高，花麦的种植逐渐在故乡消亡了。即便那个负有盛名的花麦冲，大概也是徒有其名了吧。不过于我而言，“花麦土里打死人”的笑谈一直铭记在心，并时时提醒自己，别忘了是一个乡下人的儿子。

斋粑

故乡的小吃，诸如米豆腐、碱水饺粑、肉饺粑、粽粑、糍粑……虽说大多是在固定的时节才制作，不过，若是平素的日子有了空闲做了来吃，也是无妨。但有一样小吃，在乡村视为禁忌，无缘无故，绝不会有人家做了来吃。这一好吃又好看的食品，就是斋粑。

旧时的风俗，家中如有老人去世，前三年除了清明扫墓外，子女至亲还要挂三年社坟，日子在每年春分前后两三天。挂社坟也有讲究：第一年称作挂血坟，意味先人刚亡故不久，子女至亲都来挂坟；第二年，只能是儿子方挂坟，若女儿已出嫁，那女方是不能来挂的，说是女方家来挂了，就会分走了先人的阴功；第三年是圆坟，子女至亲又都来，并可立墓碑了。三年社坟挂满，以后每年只在清明节扫墓。

挂社坟的奠仪自然很是丰厚：煮熟的大块猪肉、全鱼、整鸡三牲少不了，杀血淋坟的白鸡公多只，外加满抬盒的斋粑。人丁兴旺之家，场面办得大，有的还雇请师公和尚，纸香蜡烛鞭炮不说，还有喇叭锣鼓一应响器，煞是热闹。越热闹，口碑传得越广，就越体面。

关于斋粑，村里曾有语焉不详的传说。说是从前某和尚为一亡人做法事，在亡人家吃到一种可口的米饺粑，就偷拿了一个，放在木板下藏着。当他再次拿出来时，因那木板下恰巧有一个浅圆坑，已将那米饺粑压出了好看的花纹。以后，人们以木板雕刻模具，专门制作这种用于祭奠的斋粑。而这模具，就叫作斋粑壳。

在我年少的时候，村里的斋粑壳还不少，用硬实的杂木板做成，手掌宽，尺许长，一端是手柄，板面中央竖排雕刻三个或两个碗底大的圆坑，约半个指节深，坑壁周边或雕竖纹，或雕花瓣，坑底雕一个繁体的寿字。

同做粘米饺粑一样，斋粑也是以粘米为主，掺少许糯米，浸泡后到碓屋的石臼里捣成米粉，再和浆揉团。不同的是，做斋粑，习惯上叫作打斋粑，以揉好的粉团按进斋粑壳，压实，抹平，反手在簸箕里一拍打，圆坑里的斋粑就脱落出来，白白的，圆圆的，底面大，正面略小，印着好看的寿字和花纹。为图吉利，巧手的村妇常取一根竹筷，

将大头一端剖成四爿，折两小段香火杆子一横一直呈十字安于其间，倒拿着蘸上红染，点在蒸熟后的斋粑寿字面上，正中一朵，四周各一朵，状如红梅，十分漂亮。

挂社坟的那一天，各路亲戚齐聚，几架抬盒，抬着奠仪和斋粑，吹吹打打，一路络绎，向着山岭进发，热闹而隆重。祭扫完毕，在返回的路上，见人过村，即要分发斋粑。回到家中，一家的主妇，用竹篮提着斋粑，满村庄去派送，家家户户必须送到，一家两个或者四个不等，亲疏有别。亲属回程，抬盒的回礼，也要放上一些斋粑。斋粑分发得越多，寓意这个家族将愈加兴旺发达。

如今的村庄，一切从简，对亡亲少了那份诚挚而隆重的礼仪。或许，这也是世风浮躁薄情之一端吧。斋粑，作为旧时祭品，已罕有所见。

糍粑

在乡村，捣糍粑堪称是一桩烦琐的大事情。

旧时的故乡，遇着家有大喜事，比方娶亲嫁女、老人祝寿之类，常会捣糍粑，点上红染，喜喜庆庆的，作为吉祥的礼品。有的人家在七月半中元节，也会捣糍粑，以敬神灵。当然，堪称家家户户捣糍粑的欢庆节日，则非中秋莫属。

捣糍粑全用糯米，村庄尚未通电之前靠砻米，只是砻出的糯米仅去掉了谷壳，尚包裹一层米皮，色泽偏黄。为图白亮，村人常将这样的糯米到碓屋的石臼里再略略地捣一捣，方言叫削米，去掉那层薄薄

的米皮。以后有了碾米机，砻米的日子渐成历史，吃白米饭，捣白米糍粑，就成了寻常事。

就像所有的商品，一旦到了乡村，总不免是最低端的。村里的碾米机也是如此，那时碾出的稻米，谷粒也多，沙子也多，细碎的糠头子就更多了。每次煮饭、蒸饭之前，量好米后，筛糠头碎米，挑谷子沙子，总是必经的程序。捣糍粑所用的糯米，就更要精挑细选，费力劳神了。即便如此，糯米里面依然存留着黄色的碎糠头。

对付这些碎糠头，我的母亲有一套好经验。糯米刚一浸泡，赶紧以手自下而上快速旋转搅动，此时糠头尚轻，浮了上来，滗去。如此三番，大致就干净了。再以双手搓米，拣去残余的碎糠头。干净的糯米，浸泡约一个时辰后，捞出直接上甑。

蒸糍粑糯米是干蒸，这与平素做甑蒸饭不同。做甑蒸饭时，米粒已在水锅里熬煮至半熟方捞出上甑。无论柴火，还是炭火，糍粑米蒸得好坏，关键在于打汤的掌握。当水锅里的蒸汽，透过糯米，从甑口浓浓地溢出来，这时便揭开甑盖，舀一大碗水，以手均匀洒在米面上，这就叫打汤。打汤后，蒸汽压下，复又盖上再蒸。如此三四次，糯米渐渐软糯饱满，以掌心试之，糯而不粘水汽便好。通常情况下，最后一遍打汤时，会用饭碗盛半碗茶油同蒸。茶油是出糍粑和拍糍粑的必备，蒸后能去除生茶油气味。

每年中秋节前一天的午后至深夜，是村里捣糍粑的高峰期。那时捣糍粑的石臼，一般是各房族共用。早些天，这些青石臼就被各房的管理者从角落里搬出来，清洗灰尘后，又光光亮亮的了。捣糍粑需排班，一家一户轮着来，更需协作，房族的青壮年男子负责捣，妇女们则出糍粑，拍糍粑。

捣糍粑的场地多是在大厅屋里，也有的是在屋前的石板巷子或空坪。糍粑的有力捣击声，总是自然而然吸引着众多的人来帮忙和围观。捣糍粑是一件力气活，糍粑锤是实木的，两头粗如大碗口，中间手握的地方小，差不多有一个成人高，很沉。一甑蒸好的糯米倒入石臼，热气腾腾，得先擂烂。擂糍粑时，左手握锤杆，右手掌罩掐着上端的锤头，蹲着马步，以下端的锤头一下一下用力擂米，绕着石臼转圈。几圈下来，糯米越擂越烂，黏黏糊糊，擂者也已气喘吁吁，赤膊的上身大汗淋漓。

接下来是捣糍粑，围观者中，自会有男子挺身而出，脱了上衣，接过糍粑锤，收住说笑，马步一蹲，就捣起来了。捣糍粑时是双手握杆，先是猛力上举，再狠狠捣下来，嘴里不自觉地吐一声“嗨”，锤头随之砸进软软的糍粑里，发出闷闷的一响。糍粑锤一上一下捣着，捣者一步一步围着石臼转动。石臼里的白糍粑越来越烂，越来越黏稠，黏得满锤头都是，上举下捣之间，牵牵连连，令人更加费力。

“我实在捣不动了，来来来，哪个来接一手。”差不多每个捣糍粑的人，最终总少不了这一句。这时人群中自有力大者，于嘻嘻哈哈的笑闹和激将声中上场。有时，力大者高举的锤头将石臼里的糍粑都带了出来，猛力捣下，发出一声“啪”的脆响，会引得围观者惊呼和赞

叹！捣糍粑也是村里少年锻炼力气和崭露头角的机会，记得我上中学时，终于能踩马步捣糍粑了，母亲满脸笑容，很是欣慰。

几轮人力的捣击，石臼里的糍粑软软糯糯，油油滋滋，黏黏稠稠，便可出糍粑了。出糍粑多是妇女的活，糍粑黏手又滚烫，非手巧者不能。我的母亲是村里出糍粑的好手，出糍粑时，她卷着衣袖，以碗中蒸熟的茶油涂满手掌、手背、手臂，先将锤头黏附的糍粑清理干净，再十指并拢，沿着石臼内壁速速剥离糍粑，最后将一整团糍粑起了出来，摔在附近扎了干净薄膜的八仙桌面上。接下来，一群妇女以茶油涂手，拍打糍粑，截取揉成橘子大的圆球，再一个个拍扁成饼状，差不多有菜碗口大，指头厚，就是白板糍粑。若是包上红糖或白糖，做成半月状，就是糖糍粑。拍好的糍粑，以簸箕或团箕装起来，端回家，是中秋节的佳品。有的人家，因排班靠后，甚至要等到中秋节当天才能捣上糍粑。

糍粑软糯油润，温热的糖糍粑尤其好吃，糖在里面已然融化，咬一口，糯糯的，甜甜的，嘴角流糖，满口生香，真是令人开心！凉后的白板糍粑，渐渐硬实，可直接嚼食，也可蒸了吃，煨烤着吃，或油煎了吃，若是放上糖，滋味更妙。农历八月的天气，糍粑隔了几天，表面就会生了霉点子，加工时刮去之，口味依然很好。

在距离我故乡数里远的地方，旧时一些村庄有做冬水糍粑的习俗。在除夕前捣糍粑，将白板糍粑放入水缸浸泡着，能长久不坏，既是春节期间的佳肴，也是送给来家拜年的亲属的回礼。

烫皮

到了夏秋之交，正是一年中晴热高温的时候。此时，早稻已收割，高粱已砍下，新米、新高粱都出来了，村里做烫皮的人家日益多了起来。

根据村人传承久远的经验，新米、新高粱，比起旧米、旧高粱来，油性要好，做烫皮更适合。不过据我现在推测，这固然是对的，但为何旧年里村人都是集中在收割之后做烫皮，更主要的原因恐怕还在于这时方有余粮剩米，于吃饭饱肚之余，做些佐茶的乡间小吃。

做烫皮的日子，必定是大好的晴天。一大早，一家大小就忙开了。

先是搬了长凳、高架楼梯、木杈、竹篙、稻草之类的东西，选一处当阳又干净的空地，搭建一个宽而长的方形大晒棚。晒棚不能过矮，矮则到时鸡飞狗跳容易偷食烫皮。

做米烫皮，是按三升糯米掺一升粘米的配比，量取所需的用量，以盆桶浸泡，待米粒糜烂，手拧粉碎，才上手磨推浆。米浆浓稠度的掌握也十分重要，过浓过稀，都做不出好烫皮。因此，一家主妇在磨浆时，往往是左手拿一只瓷调羹，间隔均匀地从盆里舀了米并略带一点水倒入磨眼，右手则不停地推着上磨盘的手柄转动。白色的稠浆源源不断自磨盘间溢出，从下磨盘的周围，慢慢滑下，流进下面专门盛浆的大木盆。当所有的米磨成了浆，便到了洗磨的工序，以调羹舀泡米水倒入磨眼推磨，这样，磨盘和磨架上黏附的稠浆冲洗干净了，大盆里的米浆也渐渐稀释。最后用长柄铜勺搅匀米浆，舀半勺悬空淋下，浓度以成流线为宜，全凭手眼判断。

推好的米浆，回家拌上适量的盐，就可生柴火上锅做烫皮了。菜锅洗净，筅竹和茶油大碗摆放在灶台上，碗里是略掺了水的小半碗茶油。盛放烫皮的团箕、米筛，也预备停当。家里孩子，各司其职，有的负责烧火，有的负责晾晒烫皮，有的拿一根驱鸡竹竿负责晒棚防鸡防狗重任。于我家而言，童年里，我多是担任最后一项“安保”职务，在烈日下转悠巡逻，晒得头皮发麻也丝毫不敢懈怠。

母亲做烫皮时，双手灵巧又耐烫。菜锅在柴火上烧得冒烟，她拿筅竹在油碗里蘸一下，飞快往锅底刷上一圈，油点飞溅，噼噼啪啪，随即舀一勺米浆倒入锅里，双手端起锅耳，悬空顺时针一个摇晃回旋，锅底的那勺白浆顿时就成了一块又大又圆又薄的烫皮，复将锅子放回灶口，盖上锅盖。所有这些动作，一气呵成，十分迅疾。稍过片刻，母亲揭开锅盖，这时烫皮的边缘起了蝉翼般的薄皮，略略翘起，母亲对着吹一口气，双手尖着指头捏住一揭，顺势剥下整块香气腾腾的烫皮，放进米筛或团箕里。每次看着母亲做烫皮，我就暗暗惊讶，怎么她的一双粗手那么不怕烫呢？

最初做出来的这块新米烫皮，白白软软，油滑光亮，浓香扑鼻。母亲会转起来，用菜碗装了，端到神台前，双手虔诚地高举额前，小声念叨，以敬祖先神灵。小时候我们住大厅屋，共五户人家，对于老人和小孩，母亲在敬神后，会为每人做一块烫皮送给他们吃。我和姐姐也趁此大快朵颐，咸味适中，又香又糯，真是好吃得很！

我们的嘴巴既已得到安抚，接下来的烫皮，每隔三两块，姐姐就会端到晒棚一一铺开晾在金黄的稻草上，密密集集。我则拿着下端开裂的驱鸡竹竿，不时驱鸡赶狗，吆喝梭巡，恪尽职守。太阳如火，闷热难当。

晒棚架上，渐渐铺满了烫皮，一块块，圆圆的，白白的，很是壮观。烫皮起初软糯糯的，慢慢就晒得半干半硬，便逐一翻转再晒。等到午后或傍晚，烫皮已然干透，一块块小心地叠收起来，用谷箩挑回家，放进大木柜或广口大瓮里收藏。

也有的人家，除了米烫皮之外，还做一些高粱烫皮。做高粱烫皮

与做米烫皮的过程大致相同，区别在于高粱质地比糯米还软，做高粱烫皮时，高粱与粘米的配比是各一半，且高粱在浸泡前，需到碓屋的石臼里略略捣一捣，簸去皮壳。干的高粱米很硬，先行浸泡一个时辰，再与粘米混合一同浸泡至糜烂，之后才上磨推浆。高粱烫皮色泽暗红，口味甚至比米烫皮还要好。

在以后的日子，无论自家饮茶，还是来了村邻远客，拿三四块干烫皮，在灶火上一番煨烤，焦香松脆，折成小块，以茶盘盛装，是无人不爱的茶点。

粉皮

旧时的乡间，锡制的器物也寻常，诸如锡壶、锡盆、锡罐、锡筒、锡烛台……

金、银、铜、铁、锡，自古称作“五金”。常温状态下，锡是一种白色的无毒金属，柔软，易弯曲，以小刀即能切割。其熔点低，蜡烛的火焰足以将它熔化。小时候，村里的隆柏叔是懂无线电的退伍军人，日常负责大队部放广播，我家铜茶壶的壶嘴与壶身交接处若渗水了，母亲就会提到他家，焊上一圈白锡补丁。锡怕冷，气温低于零下13度时，原本好端端的锡块，就成了一堆灰色的粉末。锡也怕热，在

161 度以上的高温条件下，又变作了脆锡，一敲就碎。

在我的故乡，有一种做粉皮的专门器皿，叫锡锅，其状或圆或方，大如米筛，沿高寸许，平底。用它做成的粉皮，又叫锡锅粉皮。在我少年时代，这种锡质的器皿越来越少，代之以白铁皮制作，积习所致，村人依然称作锡锅。

母亲做粉皮，通常是在冬季。她先量取粘米数升，盛于脸盆或木桶，用井水浸泡透，以手指拧米粒即糜为宜，而后在手磨上推成米浆。粉皮是蒸熟而成的，做时架大水锅于灶火上，里面加水，并放置一个木架。母亲每舀一勺米浆倒入锡锅，双手端着边沿一阵摇晃，平底上便摊开成薄薄的一层，随即置锡锅于木架上，盖上水锅盖。火大水沸，热气腾腾，片刻揭开锅盖，一块又大又白的粉皮便已蒸好。母亲端出锡锅，拿一根筷子在内沿划一圈，趁热撕下薄薄的粉皮，摊在长竹篙上，或者以米筛、团筛接着，让打下手的我们拿到屋外搭好的稻草晒棚上晾晒。每做一张粉皮，所需的手上功夫繁多，又是与高温热烫打交道，待一大桶米浆全做好，母亲很是辛苦的。

大粉皮晾至半干半湿，即可进行加工，在母亲的手下，通常能变出许多花样。切成细条，就成了米粉。米粉可即时煮食，也可绕成一团团晒干，留作日后待客之需。用剪刀将粉皮剪成四四方方的小块，大小如掌，晒干了，可炒，可油炸。也留一些大粉皮不切不剪，用筷子头剖成四爿，在其上四方和中央各点上一朵梅花状的红染，晒干了，收藏起来。

炒粉皮，也是故乡常见的吃法。来了客人，或者自家人嘴馋了，抓一米筛小块的干粉皮，架上锅子，倒入黑沙，淋少许茶油，一同翻炒。大火热沙，粉皮炒得焦黄喷香，膨胀开来，两面鼓着密密麻麻的小米泡。用铁丝捞箕捞出来，漏去沙子，能得到满满一米筛，白白黄黄的，堆得高高。炒粉皮吃起来酥脆，加上本身略带了咸味，嚼起来嚯嚯响，味道上佳。

到了年底的那几日，母亲忙于做各样的年货。新茶油炸粉皮，也是必不可少的美味。锅里的新茶油翻滚着，抓一把干粉皮丢下去，一阵吱吱油炸声过后，油面上顿时浮满了白花花的粉皮，一块块比原先大多了，卷翘起伏，起了无数的蜂窝眼，均匀细密，香味四溢。趁着未炸焦，赶紧捞出来，投放下一把。在最后，母亲总会拿几块点了红染的大粉皮来油炸，圆圆的一大块，雪白雪白，足以覆盖整个油面。

油炸的粉皮，比沙炒的更酥松，更香脆，拿过的手指，满是油光。那些红染如梅的油炸大粉皮，是春节回馈亲友或者家有喜庆时的上好礼品。

打糖

两年前，96 岁的隆书叔去世了，随之带走的，是村里熬打糖的独门技艺。

在八公分村，只要一说到打糖，就会想到隆书，他的名字已经与打糖黏合在一起，分也分不开。“隆书的打糖”，“隆书驼子的打糖”，这是两句挂在村人嘴上的口头禅。

说起来，隆书叔还有几分传奇经历，抗美援朝打过仗，去海南岛剿过匪，为荆江分洪工程出过力，获得的军功章和奖状一大堆。他吹拉弹唱样样会，从部队复员后，在剧团任过职，在乡镇从事过税收，后来七搞八搞，还是回村务农。他从父辈传承了做豆腐和熬打糖的手艺，即便在村里，几十年来也没做什么苦力，活得轻松。

隆书叔有一女三子，他的二儿子务光与我是同年老庚（同一年出生的人）。在我童年时期，我们两家所住的大厅屋仅隔着一条青石板巷子，因此我经常去他家玩。那个时候，隆书叔就已驼背，国字脸清瘦多皱，说话轻声细气，鼻子红红的，爱吊清鼻涕。

每年，隆书叔最忙的日子有两段：一是除夕之前的大半月，家家户户做豆腐，每天要轮流排班，从早忙到晚。尽管村里还有几个会做豆腐的，但"隆书驼子的豆腐"是响当当的品牌，口碑好。再就是夏秋季节，隆书叔或做水豆腐和干子豆腐卖，或熬打糖卖，挑着担子，在周边村庄游走，可用钱买，也接受豆子和谷物交换。

早年，隆书叔的豆腐坊在他居住的大厅屋的一侧，厅里黑咕隆咚，又是与另一家共用，逼仄而不便。后来，他专门腾出村前水圳边一间长条形房子做了豆腐坊，大灶、长案板、王桶（方言，一种特大型号的圆木桶）、手磨……一应什物全归集于此。

这里地处村庄的要道，南北向的青石板大路就在豆腐坊的门前，里侧是碧水青青的水圳，路外侧坎下是村里最大的深水月塘，塘岸的苦楝、高杨、乌桕、垂柳、苍柏等树木高高大大，风景十分之好。夏日里，隆书叔熬打糖时，村里的大人孩子常在门口观看。剃头的得喜老哥也在附近的树荫下摆开阵场，剃光头、剪鼎罐盖、刨狗屎刮，是村中男子和男孩的三种经典发型。

熬打糖主要用的是麦芽和粘米，其配比，大致各半，每熬一锅，事先称十余斤麦子浸泡。豆腐坊里尺余长宽的木板箱很多，一拳多深，浸泡透的麦子捞出后，平整铺在一个个木箱底，让其发芽。夏日气温高，麦芽长得快，两三天工夫，就能长满木箱，两三寸高，嫩叶青青。拔出麦芽，利刀切碎，掺上浸泡过的粘米，一同在手磨上推成黄绿白三色混杂的渣浆，以王桶盛接。

这时，大灶生了柴火，麦芽浆倒入广口大锅，差不多快满锅沿了。柴干火烈，麦芽浆沸腾着，渐渐变成了土黄色，弥漫着甜甜的芳香。熬煮的过程中，隆书叔手里握着的长棍，一刻不停地搅拌，以免煳了锅底。大铁锅的上面，悬着一个十字大木架，系着已失去本色的大白纱布，熬好的渣浆，隆书叔以大勺舀了，倒在纱布之上，浆液漏下，残渣垂悬。过滤后的糖浆继续熬煮，已然少了很多，且越来越稠，越来越香。柴火停下，锅里已无水分，只剩黄色的炀糖，鼓着泡泡，黏黏的，散着焦香，铲出锅，倒入撒了一层薄薄干麦粉的容器。

接下来是拉糖。出锅后的炀糖渐渐凝固，待其渐凉，尚且温热，得赶紧在立着的木桩上拉。拉糖很费手力，反复拉扯，糖越拉越筋道，筋脉分明，色泽也越来越白亮，起了无数的蜂窝眼，这样，就越松脆了。拉好的糖，放进专门的长木箱，拍压密实平整。

麦芽糖是如此之黏，冷却凝固之后，小铁铲和小铁锤一番叮叮地敲打，才能将其分割，这也正是村人之所以称其为打糖的原因。那个年代，我们能偶尔吃上一点“隆书的打糖”，会无比开心。

爆米花

旧时的乡间，常能看到打爆米花的匠人，一只犹如航弹状的爆米机是其特有工具，乌黑乌黑。到了村前，择一处干净的空地放下担子，生了炉火，架上爆米机，围观的大人孩子立马就赶过来了。

主妇们和那禁不住孩子死缠烂打的老爷爷老奶奶们，或用瓜勺舀了白米，或用小团筛装了高粱，陆续而至。爆米机的前端是一个带有圆拱状机关的铁盖，连接一根粗短的转轴，打开盖子，匠人斜立着爆米机，接过一户人家的白米倒了进去，随即从瓶子里掏一挖耳勺子糖

精添上，盖紧铁盖，将爆米机重新回归原位，架于火炉之上。

铁皮炉子里柴火熊熊，长长的火舌舔着爆米机乌黑的腰身，坐在矮凳上的匠人，一手摇着爆米机迅速地旋转，一手不停地推拉着风箱杆，人群兴奋地等待着。不用太久的时间，爆米机停住了，匠人站了起来，将爆米机从炉架上移下，前端倾斜着搁在地面上，套一只又大又黑的旧麻袋。这时，围观者也跟着紧张了起来，纷纷自觉地后退，捂着耳朵。只见匠人拿了一根铁管，套住爆米机上的机关，用力一扳，“砰”的一声巨响，前盖炸开了。爆米花瞬间冲进了旧麻袋，腾起一股气浪，原本瘪瘪的麻袋顿时鼓起，地面上也零星散落了不少，白花花的。

爆米花蓬松，粒粒像鼓了气泡，略带甜味，吃起来脆脆的、香香的，一大把塞进嘴里，咀嚼几下就化了，是我童年和少年时代的爱物。在故乡，过年炸圆子时，也常离不开它。

圆子又叫肉圆子，是年货中不可或缺的一种。在乡村，它不仅是一种美食，也饱含了美好的寓意。团圆、圆满，既是它的形状，也是人们对生活、对亲人的衷心期盼和祝愿。

做圆子，自然要用到猪肉。临近过年的日子，每户人家都已备办了或多或少的新鲜猪肉。剔适量瘦肉，切了蒜子，与爆米花一同剁碎，拌上盐、酱油等调料，揉成丸子。若没有爆米花，则以蒸糯米饭取代。

接下来便是调面灰浆。那时候，村庄种植小麦，村边有磨坊，面灰也是自家土产。调面灰，用豆腐泡水最好，炸出来的圆子发得又大又蓬松。这段日子，村里的豆腐坊整天都在做豆腐，下了石膏水的豆腐浆，会冒出一层厚厚的白泡泡，捞出泡泡，以桶子或脸盆盛装，过一会，就化作了一小碗水。没有豆腐泡水，则以少许冷水调浆，打几个鸡蛋进去，一同搅匀。面灰浆需调得浓稠，以筷子挑起来能扯丝、片刻不断为宜，且略带咸味。

炸圆子时，将揉好的丸子一粒粒放入面灰浆，裹上一层浆衣，再用筷子夹了，或调羹舀了，放进油锅炸熟至焦黄。面浆淋落，油锅里浮了长长短短的小面浆棒，圆子上也有，宛如腿脚，叫圆子脚。油面上的圆子脚需捞出来，以免炸得焦煳乌黑。炸好的圆子，有的两三个黏在一起，捞出后掰开，去掉腿脚。

用爆米花剁肉馅炸出来的圆子，大如乒乓球，色泽可爱，透着肉香。每当母亲炸圆子时，我常忍不住拿几个趁热吃。

春节期间，圆子做菜通常是煮汤，放上葱花等调料，色香俱全，吃起来十分软糯香甜。

酒席场中上菜，圆子多是作为最后一道菜，寓意圆满、团圆。

第五辑

馐

（下篇）

炒豌豆

豌豆，也叫雪豆，我猜测是否因其开白花如雪之故，抑或是因其在先一年暮冬点种之后，要历经一场或数场瑞雪的覆盖和洗礼。不过，在故乡，村人多是叫它的俗名——网眼豆，大约因为其形状大小与圆圆的渔网小眼颇为相似吧。

农历十二月前后，豌豆点种，翻垦后的旱土，开成一行行的小土坑，放上乌黑的猪栏淤，每坑撒两三粒豆种，以浅土覆盖。发芽后的豌豆苗，丛生着，碧绿可人。待到来年清明时节，茂盛的藤蔓牵牵连连，分枝拔节，长得有半个人高，那些略带圆形的小叶间，开满了白色的豌豆花，十分漂亮。

在故乡，还有一种豆，无论苗叶藤蔓，还是豆子，与豌豆如出一辙，村人俗称菜豆。菜豆与豌豆的区别：一是花的色彩不同，菜豆开紫红色的小花朵，更为艳丽；二是菜豆的豆荚瘪而嫩，通常是摘了做菜。旧日里，村人多种豌豆，以收获其豆子。

豌豆的豆荚像眉月，像弯刀，精致又小巧，起初翠翠的，嫩嫩的，瘪瘪的，但籽粒的轮廓却也分明，相互间隔着。随着豆荚渐渐长大，荚壳饱满鼓胀，圆珠般的豌豆粒粒可数，清清楚楚，多则五六粒，少则三四粒。其实，对于豌豆的种植，村人早已摸清了它的习性，不能过多施肥，否则其藤蔓肥壮而多叶，结荚少，豆荚长期瘪薄，长不了豆子。

农历四月八节，恰逢收豌豆。此时，豌豆荚已经老得发黄，豆子已然成熟。曾有许多年，村人是将豌豆植株整个儿拔了，挑回家后，一棵棵，一簇簇，密密悬挂在屋内或檐口下的高处，任其风干。过些日子，再取下来，放禾场上晾晒干透，以小木棍敲打，脱除豆子。这样一个过程，村人叫归元，意即让豌豆保留元气，是最有营养的。而干枯的豌豆藤蔓，也是稻田的好肥料。只是后来，人们贪图省事，收豌豆时，直接摘豆荚，黄壳、绿壳分开。绿壳里的豆子嫩而小，剥出来，煮肚子眼饺粑，或者煮糯米饭，煮乌米饭，也是乡间不错的应时美味。黄壳豆荚晒干，装入簸箕，用双脚擂搓，簸去碎壳，得到豆子，粒粒如珠。

即便晒得很干的生豌豆，装在容器里，也极易生虫，在光滑的豆子表面，钻出一个个圆圆的小洞眼，直到深处。为了留豌豆种，村人常将豆种藏在放有干石灰坯子的瓦瓮里，以避虫害。其余的豌豆，有的人家将其略略蒸后晒干，不易生虫，却也发不了芽。

夏日里，村人常炒豌豆佐茶。炒法不同，其口味和松硬程度各别。若是光锅炒，炒熟的豌豆梆硬如铁，能嚼断牙齿。若锅里放上细沙，细沙翻炒热后，再倒入豌豆同炒，这样炒出的豌豆，既香又松脆，缺点是豌豆表面爆裂的缝隙里多残留细微的黑沙子，吃进肚子有害健康。最好的炒法，是盐炒。那时，村里的供销社有粗盐卖，以粗盐炒豌豆，除了香脆之外，又多了咸味，更好吃了。而且炒过的食盐，在筛除豌豆之后，能长期保存，留着以后待用。只是有的贫寒人家，连一斤粗盐都不舍得浪费，还是以沙炒居多。

豌豆炖烂，煮瘦肉汤，是村中办酒席的一碗好菜，需大席场中才有。

岁末年初，村人常用新茶油泡油糍粑作为年货。油糍粑有多种样式，纯米浆的，是光板油糍粑；添了花生仁的，是花生油糍粑；添了豆子的，是豆子油糍粑；添了红薯丝的，是红薯油糍粑；若是铺上一层葱肉的，则是香喷喷又蓬蓬松松的蓬油糍粑……

做豆子油糍粑，多用豌豆。量取半升，熬煮熟透，溜干水分后，和入米浆。这样，每舀一小勺米浆，里面都有很多豌豆，泡出来的油糍粑，表面粘着一颗颗圆圆的豆子，油光发亮，色泽可爱，看着就让人垂涎。泡豆子油糍粑，千万不能用生的干豌豆，否则，油点飞溅，噼噼啪啪，油锅里就要炸开了花。

在故乡，另有一种豆子，与豌豆差不多同时点种和摘收，这就是蚕豆，俗称弯弓豆。每年春天，园土里的蚕豆苗长得密集而茂盛，一眼望去，绿意盎然。蚕豆的秆茎成丛生长，一律是中空的四方形，笔直挺拔，粗壮如指，能达两三尺高，其上长着一层层的羽状复叶，复叶上的小叶众多，一枚枚状如长卵。开花时节，蚕豆秆茎的叶腋间满是蚕豆花，层层叠叠，淡蓝的花瓣上，有着黑色的大斑点和白色的边缘，恰如无数的彩蝶，蔚为壮观。这个时候从蚕豆地经过，花气氤氲，野蜂嗡嗡，是春日乡间的一道美景。

蚕豆花谢去，蚕豆荚成形，一只只在叶腋间斜着向上生长，碧绿圆润，修长如指，看着令人喜爱。童年里，每到这个时候，我们常到菜园子里偷偷摘了豆荚，剥了里面的青蚕豆，用小竹棍穿成串，或埋在柴火灰里煨，或在火苗上烤，熟后香气浓郁，粉软可口。只是有的人，天生吃不得蚕豆，尤其是半生不熟的蚕豆，吃了就会得蚕豆病，危及性命。记得有一年，村中的一个同伴，就因为吃了未熟的蚕豆，全身发黄，血色全无，呕吐不止，被紧急送到大医院抢救，才化险为夷。

尽管如此，对于一般人来说，蚕豆却是不错的美食。粗壮的青蚕豆，一粒粒大如拇指节，宽扁厚实，表面凹凸光洁，润如碧玉，上端的沟槽宛若纹了一线墨眉。这样的蚕豆，村人多是用盐水煮，或焖熟

后，捞出来油炒，放上盐、葱、辣椒灰等调料，既当得饭，也可做菜，粉粉的，好吃得很。

农历四月初八前后，园土里的豆荚已变成黑色，渐渐干枯，蚕豆已然长老。这时，村人忙着摘蚕豆荚，那些秆茎苗叶，全都拔了，用来肥田。黑黑的豆荚，大片地晾晒在禾场上，待其干透后，以木棍、木杵敲打，脱出蚕豆。去除杂质的蚕豆，按大小好坏分拣，再行暴晒数日后，储藏起来。

同炒豌豆一样，村人夏日里炒蚕豆也是光锅炒、沙炒、盐炒三种方式。不同的是，在炒前需将干蚕豆浸泡一番，让其略有膨胀，有时还拿了剪刀，逐一在豆壳上剪开一道小口子。经过这样细致的准备，炒出来的蚕豆，豆壳红亮，略带焦黑，爆裂开来，就松脆了许多。午间吃热茶时，一盘炒蚕豆，一碗辣椒腌长豆角，或是一碗酸风菜秆，呼呼喝茶，嚯嚯嚼豆，一家人围桌而食，有滋有味，是普通农家的日常之乐。

用茶油炸蚕豆，村人叫兰花豆，爆裂如花，豆壳红亮，豆瓣金黄，看起来就令人胃口大开，吃起来最香最松脆。拌上盐，拌上辣椒灰，更是男人们下酒的爱物。

炒花生

我至今仍然觉得，那些黑嘴巴花生，泡子花生，甚至烂壳花生，炒熟后吃起来，比品相好的花生，味道还要更好、更香！

清明节后，气温高了，在故乡，正是挖土点种花生的时节。上一年留下的花生种，这会儿家家户户端了出来，以簸箕或大团箕装着，剥出粉红饱满的花生仁。这几天，村庄的石板巷子里，到处是倾倒的花生壳，行人走过，嚯嚯有声。起初，这些花生壳还亮晃晃的，渐渐就碎了，瘪了，黑了。若是下点雨的话，更脏了。这是旧年的乡

村风俗，据称花生壳经过无数双脚的践踏，种下的花生仁就会长得更茂盛。

其实，要想收获一季好的花生，种植的经验更为重要。先是点种时令的把握。清明节前雨水多，泥土板结，如贪图快，过早点种，花生仁在土里会烂掉，发不出芽，正所谓欲速则不达，反而造成了浪费。再就是施放和后续管理。花生土开成浅行，每隔六七寸远，放两粒花生仁，撒一把柴灰火淤或复合肥，开下一行时，撩起的松土恰好将已点好种的这一行覆盖。花生点种后，一周左右即能长出来，嫩嫩绿绿的，将大片园土装点得生气勃勃。花生开花也早，在枝叶下的根茎部，开出一朵朵金黄色的小喇叭花，十分漂亮。这时，得赶紧刨去杂草，培土上行，将花生的根茎部掩埋起来，日后花生就结在堆积的泥土里。往后的日子，花生土长了杂草，还需拔去。拔草多在上午，待花生叶上的露水干了才行，否则，受扰动的花生苗都会死去。

农历六月，天气炎热，又值抢收早稻、抢插晚稻的“双抢”农忙时节，花生也已经成熟。“双抢”之后，家家户户紧接着扯花生，一担一担挑回家，堆在厅屋或者门前的石板巷子，像绿色的城墙。一家人拿了板凳和竹椅，围坐着摘花生，旁边摆满了大筐小筐。因了这个扯摘的月份，村人将这些花生称作“六月花生”，以与深秋才挖收的另一种“麻子花生”相区别。

摘花生是一件令人开心的事情，小时候，我们一边摘，一边挑大而饱满的花生吃，剥得两手泥污，吃得嘴角冒浆。每每这时，父母亲也常告诫，吃了生花生，不能喝生水，以免拉肚子。那些洁白的尖嘴巴嫩花生也很好吃，甜甜的，有许多更细小的，差不多还没长花生仁，连皮壳一同嚼下，脆脆的。

摘下的花生，好的差的已经分开，满筐满篮挑到水圳边、池塘边、水井边搓洗干净，白白亮亮的。村庄的禾场上，密密麻麻是摊开成白色方块的花生，大大小小，在烈日下暴晒。那些花生苗，嫩嫩的叶尾切下来，剁碎了，是这几天的猪潲。余下的那一大截，一捆捆扎好，绑缚起来，堆于一处，是来年春耕的好肥料。

这几天，家家户户都会炆花生吃。那些没用来晒干的嫩嘴巴花生、泡子花生、烂壳花生，这会儿用大水锅煮熟，叫炆花生。在盛夏，当日炆的花生，最好当天就能吃完。隔了夜，花生壳的表面就会起一层滑黏，湿漉漉的，看起来不洁，味道也差了许多。

扯过花生的园土，总会吸引很多妇孺少年掏花生，提着竹篮，挥着长柄锄头或草刮子，仔细地刨土，捡遗落的花生。即便如此，泥土里总难免有花生隐藏，有时下一场雨，隔天就会冒出许许多多的花生芽，白嫩粗壮，恰如胖小子的胖手指。带回家，能炒一碗爽脆脆的时鲜菜。

经了多日的暴晒，花生已然晒干。再从中挑选品相最好的花生，除了留种之外，大多用来赶圩卖钱，以补家中开支。只有那些残次品，已经晒成黑嘴巴的嫩花生、泡子花生、烂花生，才是农家用来炒食的。

花生用沙炒。在故乡，每户人家都有一大罐炒花生的沙子，从村前的江中淘洗而来，粗细适中，晒干后，先用茶油炒沙。这样的一罐沙子，经过多年翻炒花生和其他食品，已然油光黑亮。炒花生时，大水锅里先倒入沙子，待其炒热，再放花生翻炒。柴火炒花生，火的大小容易掌握，炒出的花生焦而不黑，喷喷香香。记得母亲炒花生时，当花生炒至焦香，就会不时拿出一个来，剥出花生仁拧一拧查看，待恰到好处，扯了柴火，用铁丝捞箕连沙带花生一起捞起，摇落沙子，将花生倒入团箕或米筛。母亲拧开的那些花生仁，自然入了我的馋嘴。

这些炒得焦香的黑嘴巴花生、泡子花生、烂壳花生，花生仁大小不一，却一律松脆喷香，剥起来停不了手，吃起来罢不了嘴，是自家人喝茶和待客的好东西。我的父亲喝酒时，面前若是有一捧炒花生，也可以不用菜了。

深秋上山摘油茶，每户人家差不多都会带上相同的美食：炒花生、煨烫皮、焖红薯、腌剁辣椒炒干鱼块、一两壶茶。到了中午时分，肚子饿了，一家人在山上煮一鼎罐柴火饭，吃着简朴的食品和菜肴，于林间空地小憩片刻，说些闲话，疲乏的身体又渐渐恢复了体力。当此时也，各处苍翠的山间炊烟袅袅，太阳高高，正是人间好光景！

炒瓜子

闲来嗑嗑瓜子，是一件有趣又有味的事儿。

瓜子与花生，似乎天生就是一对好搭档。村人的日常话语系统里，常将它们相提并论，瓜子、花生俨然成了乡村简朴茶点的代名词。

旧时的故乡，葵花的种植很是寻常。在生产队的时候，通常是整片园土地栽种，待到葵花盛开的季节，高高的秆茎，宽宽的大叶，黄黄的盘花，挺立如阵，场面十分壮观。分田到户之后，这样成片的种植少了，各家多是在菜园的周边稀稀拉拉种一圈，与瓜蔬间杂着。

夏秋之交，沉甸甸的葵花盘渐渐成熟，俯首下垂，有的比家里的青花鲤鱼盘子还大，又圆又厚，很是惹眼。盘面上那一层原本茂密的管状花绒，也成干枯掉落之势，斑斑驳驳，露出密匝匝的黑亮瓜子屁股。小时候，我们去山野捡柴，路边看到这样的葵花盘，总会勾起食欲来，瞧瞧周围没有大人，急切地冲了过去，挑一个大的拧下来，掰成几爿，分而嗑之，地上吐一路带口水的瓜子壳，有滋有味。

一块菜园的葵花盘，成熟略有先后，各家采摘时，用镰刀剁下，盘后留下寸许长的顶茎，状如脖子，有着斜斜的光滑刀口。砍下的葵花盘堆集于箩筐，在家里搁置几天后，盘子因失了水分而松散，拿出来以木杵敲击，黑亮亮的瓜子便纷纷落入簸箕。颠簸干净的瓜子，在烈日下晒上几天，就干透了，收存起来，待时炒食。

相比花生而言，各家的瓜子总是少量的。花生仁大粒，剥而食之，能疗饥。瓜子则不然，仁如鸟舌，饭前越嗑越感到肚子饿，这对于平日里忙忙碌碌的农人来说，实在没有这闲工夫。亦因此，平日喝茶时，少有人家炒瓜子来闲嗑的。要等到家里有好事请酒席了，才炒了瓜子和花生，作为安席待客的茶点。过年时，乡村长时间的农闲，人们不再忙忙碌碌，亲友邻里往来走动，这才是慢条斯理嗑瓜子的好时候，饭前饭后喝着热茶，扯着闲天，消遣光阴。

瓜子细小，易炒熟。炒时多用光锅，火也不宜太大。常见母亲炒瓜子，手中的菜勺不停地翻炒，以便锅中的瓜子受热均匀。不多时，瓜子就起了噼里啪啦的爆裂声，一股焦香弥散开来，黑色的瓜子壳也

略带焦黄。这样的原味瓜子，左手抓上一捧，右手一粒一粒朝嘴里送，嗑起来口感好，香味单纯，不停地吞咽，不停地吐壳，往往一嗑就住不了嘴，是我自小就爱吃的。

乡间另有一种炒瓜子，就是炒南瓜子。那时各家的房前屋后，塘边土坎，栽种的南瓜也多。青南瓜随摘随食，切成大团煮熟，既是菜，又当得了饭。红南瓜则可长时间收藏，经冬不坏。在秋冬的日子，偶尔搬出一个脸盆状的大红南瓜煮食，能吃上好几顿。那红瓤里包裹的南瓜子，扁平如甲，洁白饱满，清洗后晒干或烘干，集聚起来。炒南瓜子，嗑起来香脆，可吐皮嚼仁。不过，我多是连皮也嚼碎吃了，香喷喷的，好吃得很！

兰花根

到了年底，过年的日子一天天临近，村庄的巷子里，无论白天还是夜里，总会闻到从各家门窗里飘出来的新茶油炸年货的香气，听到那年货下油锅的哗哗喧响以及人的谈笑声，气氛氤氲而祥和。

旧时的故乡，各家自制的油炸年货，品种基本上是一致的：兰花根、套环、花片、油糍粑、红薯丝子、油豆腐、圆子、炸猪肉、华肉、华鱼……在整个春节期间，这些美味的食品，各家自享和待客，演绎了乡村的传统风俗，幸福着那些消逝久远的纯朴岁月。

181

兰花根（方言读音），这名称曾让我惊讶又疑惑。这样一种米制的粗糙油炸食品，大小长短如成人的小指，圆柱状，橘红油光，酥脆甜香，本为俗物，却竟然与最具文人色彩的兰花联系在了一起，想来赋予这美好名称之人，定然是别具情怀的乡间雅士。就像乡村的许多事物一样，有其读音，却难以找到与之匹配的合适文字，对于这一样乡间食品，是该写作兰花根呢，还是兰花羹？“羹”者，其基本字义乃是用蒸煮等方法做成的糊状、冻状食物，诸如羹汤、鸡蛋羹。显然，“兰花羹”不妥。兰花曾是故乡茂密森林中的寻常草本植物，其根粗壮，色泽深黄，宛如细长指节，与这种食品极为形似，故称其为兰花根，想来当是恰如其分。

故乡的米制年货中，兰花根的量是最大的，而且套环、花片所用的原料，也与兰花根完全一致，故每户人家在制作这三样东西时，通常会按照八升粘米配两升糯米的比例，一并量取一两斗米浸泡，在碓屋里捣成米粉。

一斗米十升，大约十五斤。一两斗米就是十五到三十斤，且浸泡透后更多更重。这么多米，石臼一次装不下，得分多次捣，过程十分烦琐，是一件很费时费力的活儿，需要一家几个人协作才能完成。记得我年少时，每逢这个时候，我和两个姐姐负责捣粉。捣粉全凭脚力往长方形的石坑里踩踏板，通过粗笨的传导系统，高扬起前方圆柱状的捣槌，不停起起落落，捣击石臼里的米粒。母亲则蹲在石臼边，摆开筲箕、簸箕、团箕、粉筛、小高粱扫帚等一应什物，不断将溅出臼

沿的米粒米粉扫进去，有时趁着捣槌起落的间隙，徒手将石臼内壁渐渐升高的粉团粉块翻下去，手法熟练而迅捷，从容淡定。米粉捣糜烂了，我们可以停歇一阵，母亲用手一次次从石臼里挖出粉，用粉筛筛粉，犹如飞雪般纷纷扬扬，落在宽大的簸箕里，越积越厚。筛剩的粉渣，复又倒入石臼，我们再捣。如此反复地捣，反复地筛，待所有的米粉筛好，大半天就过去了。

回到家，接下来便是蒸浆，这一点与做别的米制食品格外不同。蒸浆时，取少半米粉，用凉水拌和，揉成几个大团，在锅里蒸熟。蒸熟后的米浆团，放入簸箕，与剩余的生米粉一同使劲揉搓，这一过程中，均匀添加适量红糖粉，揉成一个个半干半湿又筋道的大粉团。之后，这些粉团要用竹筒或瓶子，反复碾压成一张张又圆又大的粉皮子，厚若半分。

切兰花根，我也会。只是我切得不如母亲和姐姐匀称。她们将一张张圆皮子，竖切成条，宽若一指，两三条叠起来，再横切成细条，就是兰花根。为防兰花根切时黏在一起，叠面间会涂抹上生米粉。

这时，母亲已在炭火上架上了大油锅，新茶油倒入锅中，足有大半锅。火大油热，白色的油沫翻滚着，渐渐消散，油已红了，油的香味和烟气一同蒸腾。母亲从团箕里抓了几把切好的兰花根投进油锅，哗哗的油炸声顿时响起，油锅像沸腾的涌泉，开了花，热气腾腾。涌泉渐渐平息，炸干了水分的兰花根，膨胀开来，比先前大了许多，密密麻麻浮满油锅，色泽也变得橘红油亮。看看已然炸好，母亲左手拿着铁丝捞箕，右手拿着一双筷子，将这一锅兰花根扒拉着全都捞了上来，弹弹油滴，倒入预备好的大团箕。紧接着，又炸下一锅兰花根。

母亲油炸的兰花根，蓬松酥脆，嚼起来嚯嚯作响，又甜又香。团箕里堆积如山的兰花根，冷却后装入坛子或铁皮桶里，密封起来。记得我家曾有一个红色的大铁皮圆桶，上面有一圆孔，刚好容得下一只手进出，有铁皮圆盖。这桶高三尺许，一人难以环抱，每年专门用来装兰花根，装得满满当当。

整个春节期间，兰花根是故乡人家最寻常的茶点，无论自家人吃，还是待客，或者送礼，都少不了它美味又简朴的身影。

套环

兰花根状如手指，油光松脆，它是故乡人家春节期间最普通的油炸年货。相比其简单朴素的外形，套环则更具有艺术美感，集观赏与食用为一体，是馈赠亲友的佳品。

在故乡，套环这种油炸食品，其名称也徒有方言读音，具体采用哪两个字作书面词语，并无人深究。不过我想，纵然它的形状有多种变化，或如梅花，或如蝴蝶，或如螃蟹，或如猪笼盖，在结构上都是由弧形的圈环所组成，且环环相扣，称作套环，更吻合其美的特质及团团圆圆的吉祥寓意。

同制作兰花根一样，套环也是用八成的粘米配两成的糯米浸泡后捣成米粉为原料，拌和蒸浆时，掺进融化的红糖水，故其味甜，有的人家还撒上芝麻，再经过一番揉团和碾压，成为圆圆的大皮子。接下来，皮子切条是制作套环的关键步骤，不同的切法与长短，从而造就了多种图案。

最常见的是半月梅花套环。压好的皮子，切成二指宽、一掌长的长条，每条再均匀切成四股，下端不切，留一截指节长的宽柄。编花时，将边缘两股，各向外弯曲成弧形，交接于下端的宽柄，中间两股交叉弯曲成弧，末尾分别交接于前两股的弧上，整体形成一个镂空的扇面，状如一朵梅花。若是将中间两股也各向外弯曲成狭长的竖拱，末端也交接于宽柄，细部略作挤压勾勒，就成了长有两对大小不一翅膀的蝴蝶造型。

螃蟹套环则是将长条皮子两端分别切成四股，中间留一小截不切，为螃蟹肚。两端边缘两股各向外弯曲交接，中间两股各自做成竖拱状，交于蟹肚。这样，一只八足横行的螃蟹就成了，形态可掬。

比较而言，猪笼盖套环的制作要复杂得多。这种名称大俗的套环，全由一根根切成细长的皮子条，搓成筷子大小的圆柱状，再反复地由内而外交错绕出大小不一的圆环，构成内环、外环环环相扣的大圆圈，既像传统的窗花剪纸图案，更像村里那些猪笼的圆篾盖，亦因此得了这么一个乡土味浓烈的名字。

这些花样各异的套环，经过油炸后，色泽橘红，油光可爱，看着

就赏心悦目。有的人家，若是有了婚嫁的喜事，往往还事先在编好的套环上点上几朵红染，朵朵如梅，就愈发喜庆而漂亮了。

同套环一样具有艺术美感的油炸年货还有花片。我的记忆里，母亲和姐姐所做的花片，有两种，一种是素色花片，一种是彩色花片。

做花片所用的主要原料，依然是粘米和糯米，与做兰花根、套环有所区别的是，糯米所占的比重更大些，这样，油炸出来的花片就更松脆。

做素色花片相对简单一些，浸米，捣粉，和浆，蒸浆，揉团，压皮，这一系列工序也与做兰花根、套环一样。只是在这一过程中，除了白色的纯米粉皮子外，还需做另一种皮子，即在和浆时，添加蒸熟的红薯泥和融化成浓汁的红砂糖，这样的糖皮子，色泽深暗许多。之后，这两种碾压成又圆又大的薄皮子，切成一两寸宽的长条，长度适中。取两色皮子叠加起来，转曲如粗棒，切成薄片，就成了椭圆状的花片，一白一暗的两条纹路相间着，如环圈，似祥云。切好的花片，入油锅炸熟，就成了酥松味甜的乡村美食。

彩色的花片，通常呈现红、蓝、黄三种环状纹。做时，叠放三条皮子，皮子上分别用干净的毛笔或削成斜面的白萝卜涂上染料。这些染料，方言昔称洋碘，多是从圩场购买的化学原料。这样的花片，看起来漂亮多了，却对身体有害，于今已不多见。

油糍粑

大体而言，故乡的油糍粑有两种。

一种是最为常见的，圆如碗口，炸成焦黄，又薄又脆，叫油糍粑。这种油糍粑，又因其是否在米浆里添加芝麻、花生米，或者略为煮熟的豌豆、黄豆的颗粒，有光板油糍粑、芝麻油糍粑、花生油糍粑、豌豆油糍粑、黄豆油糍粑。另一种是夹层的，中间放了葱肉馅，油炸后色泽焦黄，蓬蓬松松，趁热吃起来，外脆里软，香气扑鼻，叫蓬油糍粑。

很久以来，故乡的山岭多种植油茶树。茶油和猪油，是故乡人家

自给自足的日常食用油。每年年底，新茶油打出来了，作为一种主要的农家年货，炸油糍粑正当其时。

母亲在世的时候，每到这个日子，总要炸上两三个谷箩筐的油糍粑。这些油糍粑，略有咸味，嚼起来响声嚯嚯，喷喷香香，是我们最爱吃的。不仅整个春节期间是佐茶待客之物，保存得好，又节省着吃的，甚至到了春暖花开的暮春，尚有少许。

做油糍粑用的是粘米，浸泡后，或在石磨上推成浆，或在碓屋里捣成粉后，再和水搅拌成浓浆。往年里，过年做油糍粑时，通常会量一两斗米，量大，若磨浆，费时很长，故捣粉和浆的时候多。不过，做蓬油糍粑的米浆又特别一些，需将浸泡后的粘米与冷米饭一同推磨成浆，比例大约三比一，即三成的粘米，一成粘米煮出的米饭。如此，炸出的蓬油糍粑才会蓬松软和。只是往年里，母亲做的蓬油糍粑一般不会太多，一升米左右，炸一二十个，大家趁热吃。

一天的准备工作做好后，母亲通常在夜里炸油糍粑。炭火是新添的，熊熊燃烧着，扯着蓝色的火苗。大半锅的新茶油渐渐沸腾，泛着油沫，散发着浓浓的新茶油香气。这个时候，母亲让我们坐定，看着她做即可，不要多言。在她看来，这个时刻是神圣的、吉祥的，生怕我们无意间说出些不吉利的话。

炸油糍粑，方言叫泡油糍粑。所用的一个专门小模具，就是油糍粑灯盏，活像一个“乙”字，上面是短木柄，下面是一个碗口大的铁质圆盘，整个儿看乌黑乌黑的。炸油糍粑时，母亲左手持油糍粑灯盏，右手拿长柄铜勺从盆里舀一小勺米浆倒入盏里，略略一摇，盏内就成了白白圆圆的一块，随即浸入油锅中。一阵沸腾，油锅哗哗，薄薄的油糍粑脱离了盏盘，浮在了油面上。而后，母亲又重复着先前的动作，炸下一块油糍粑。油糍粑渐渐增多，浮满了油面，起初还是白色的，软软的，慢慢就炸成焦黄坚挺。母亲看看色泽已好，一一夹出来，侧立着装在铁丝捞箕里，搁置在油钵上，溜干油滴。夹下一锅时，这些溜干的油糍粑倒入簸箕或谷箩里，码放整齐。

为安抚我们的嘴巴，母亲往往先炸蓬油糍粑。

炸蓬油糍粑，工序显然要复杂很多。先是舀一小勺专门的蓬油糍粑米浆倒入盏里摇匀，在油锅内略略一炸，在其尚未脱离盏盘时提出来；再夹上预备好的新鲜葱肉馅，铺满盏盘，复浸入油锅略略炸一回提出；之后又舀一小勺米浆均匀盖在葱肉馅上，浸入油锅。蓬油糍粑慢慢脱离盏盘，浮在油面上，厚厚的一大块，蓬蓬松松，香气浓郁。将其两面炸至焦黄后，夹出。

蓬油糍粑趁热吃更香，这个难得的时刻，我往往要吃三四块，实在解馋。在我的童年和少年时代，一年中仅此一次，怎不叫人向往？

吃了蓬油糍粑，夜色渐深，我们都上床睡觉了。只有母亲一个人还在昏黄的灯光下，继续炸油糍粑，油声哗哗，直到凌晨。

红薯丁

红薯丁，这名字总让我略有疑惑。依照它切成薄片的形状，按理，该称作红薯片才合适。不过，村人口口相传的叫法却是红薯丁。

在故乡，红薯丁也是美味的食品，既可沙炒，也可油炸，口感风味各有千秋。又因其有干湿两种，故炮制的方法和时机，也自然有别。

除水稻之外，红薯曾是故乡人家最重要的粮食作物。焖红薯、红薯汤、红薯干、红薯酒……用红薯加工制作的食品多种多样，红薯丁是其中之一。故乡的红薯，以白皮红薯为主，个大，味甜，水分多，质地脆，能生吃。挖红薯在每年的秋末冬初，那时家家户户都要挖谷箩一二十担，有的人家更多。这些红薯，大多藏于村后山脚小窑洞状的薯窖，能保存到来年春天。在这几个月里，常有村人不时提了竹篮，来自家窖里拣上一两篮子红薯，或提或挑带回家，以供数天食用。

村里人家的灶屋楼板上，正对着灶台的位置，通常会开一个大方孔，横竖搁上木枋或干柴。这里是通烟尘的地方，生火煮饭做菜的时候，浓浓的青烟上升，穿过方孔，在瓦屋面上袅袅蔓延开来，随风而远去。这个栅栏式的方孔处，村人也常垒放一些红薯。因了烟熏火燎，这些红薯的水分干了很多，皱皮蔫蔫的，味道更甜，无论焖蒸了吃，还是做干红薯丁，都很好吃。

在晴暖的冬日，晒干红薯丁，差不多是家家户户主妇们的手工活。从楼上挑选熏蔫了的白皮红薯，削去皮，切成长形的薄片，在沸水里略焯后捞出，一片片密密摆放在搭好的稻草或竹篾棚子上晾晒，一派雪白景象。红薯丁晒干收藏，以待后用。

炒干红薯丁，需大火。锅里的黑沙，先淋了茶油炒热，炒得沙子光光亮亮，而后放入干红薯丁，与沙子一同翻炒。在滚烫的沙子里，干红薯丁渐渐变成焦黄，香味也随之氤氲开来。因为沙里淋了茶油，炒好的干红薯丁，表面很少粘有沙子。不过，在一些开裂的缝隙里，也难免残存着细沙，吃的时候略需注意。炒红薯丁，质地硬脆，味道香甜，嚼起来的嚯嚯声很是响亮。

油炸干红薯丁，是春节里故乡人家不可或缺的年货。红热的油锅，投一把干红薯丁下去，立时翻腾如涌泉，油花炸得哧哧作响，香气浓郁，沁人心脾。炸好的干红薯丁，浑身油光，色泽橘红，又甜又脆。

也有临时削了生红薯，切成片，油炸红薯丁的。只是这样，因为水分大，油锅里直冒热气，哗哗如浪，需耗时很长才能炸好，而且很耗油。记得小时候，生产队在榨油坊打茶油时，负责弄饭的厨子，就会架了大油锅，添大半锅新茶油，洗了一大篮子的红薯切片，炸红薯丁，老远就能闻到香味。这样的红薯丁，难以炸干透，表面鼓着气泡，油汪汪的，半软半硬，色泽丰富，焦红金黄间杂，诱人得很。我们就常去围观，蹭吃。

村中也有好吃者，油炸红薯丁时，另用瓢盆将红糖熬溶了，舀了糖浆，对着红薯丁浇入油锅。糖不溶于油，顿时将红薯丁包裹了起来。这样的糖红薯丁，就更香更甜了。

在我们家，母亲在年前炸红薯丁的时候，往往也会拿几个生红薯削皮后刨成细丝，和了米浆，加盐少许，炸红薯丝子。

同炸油糍粑一样，炸红薯丝子也离不开油糍粑灯盏这个小器具。做时一手握盏，一手掌勺。每舀一铜勺糊状的红薯丝放入盏盘里，扒拉平整，略为拍实，像一个圆圆的厚饼，即为一块红薯丝子。浸入油锅一炸，沸油哗哗，状若怒泉，热气腾腾。少顷，红薯丝子自动剥离盏盘，浮了上来。如此反复，油面上的红薯丝子越来越多，用筷子一一夹了，两面反复地炸，直炸得枯焦橘红方好。

炸透的红薯丝子，凉后即可食用，质地脆硬，味道甜咸。吃时可咬可掰，嚼起来响声嚯嚯，令人不忍停嘴。红薯丝子看起来也很漂亮，犹如厚实的金饼，油光可鉴，丝丝红亮，横斜交错。

乡间另有一种红薯丝子，以糯米粉加水少许，与切好的红薯丝相拌和，佐以白糖、芝麻、葱丝，以手掌抓握成短棒状，投入油锅炸熟。这种食品，因两端长短不一的红薯丝状如蟹腿，也叫螃蟹丸子。

螃蟹丸子并不炸至枯干，故而中部略软。若是将其以大碗盛装，撒上白糖，入锅焖蒸至烂熟，则十分香甜软糯，更是好吃得很！

油豆腐

如今想要再吃到家乡新茶油炸的油豆腐，已经是不可能了。假如时间能够倒流，回到我的童年和少年时代，新茶油炸的油豆腐是故乡人家再寻常不过的家常菜了。尤其是在临近过年的时候，谁家不会去豆腐坊做一两锅豆腐，再用自家的新茶油炸出金黄喷香的油豆腐呢？

那时的农耕乡村，村人勤于耕种，郁郁苍苍的油茶树漫山遍野，农田里的双季稻绿了又黄，黄了又绿，没有一处闲田，菜园和旱土也是一茬茬的庄稼，四季不荒。这样的故乡，于今看来，最是人间佳处。

那时我们的村庄，豆腐坊就有四五家。其中豆腐做得最好、持续时间最长的，要数隆书驼子、隆记眯眼和明星点子脚三家。他们做出的豆腐，白白嫩嫩，新新鲜鲜，结结实实，一点儿也不掺假，好得很！在年底的那段日子，这几家豆腐坊，每天都是人进人出，烟火兴旺，忙得不可开交。

做豆腐的过程很是烦琐。每年这个时候，母亲量了自家的黄豆，先要破豆、簸壳、浸泡，而后才到豆腐坊的大石磨上推成黏稠的豆浆。我们则挑来干柴，坐在豆腐坊大砖灶门口的矮凳上，不停地往灶膛里塞柴火，火光熊熊，浓烟弥漫，以烧开大锅里的水。剩下的事情，则是豆腐匠的了——或者隆书驼子，或者隆记眯眼，或者明星点子脚，这要看刚好在谁家豆腐坊能排上班。不过，他们的工序倒是差不多一样的，熬豆浆，过滤豆腐渣，点石膏水，舀豆腐脑上箱，压板，溜水……直到切成一层层厚薄均匀的豆腐块，白白亮亮。

满筲箕的豆腐块端到家里，等到了夜间，母亲新添了炭火，架上油锅，倒入大半锅新茶油，就开始炸油豆腐了。同炸别的年货一样，我们自然是坐在灶台边的宽板长凳上烤火围观，母亲这时候不喜欢我们多嘴多舌，生怕说出什么不吉的话来。如此，屋子里多是充盈着炸豆腐的哗哗声。

母亲炸油豆腐时，先从筲箕里将豆腐块捡到大碗，呈凌乱松散状，满满一碗，再倒入翻滚的油锅。顿时，油锅里沸腾如浪，热气升腾，

油声喧嚣。渐渐地，这些豆腐块就膨胀了，色泽金黄，浮在了油面上，占领了整个油锅。每块油豆腐都像一艘小船，鼓鼓囊囊的，被底下越来越细微的油浪推来推去，母亲不时用筷子将这些油豆腐夹翻转来炸。末了，用铁丝捞箕捞出来，弹弹油珠，倒入旁边的大簸箕。油锅恢复了短暂的宁静，片刻，又一碗豆腐倒进去，喧声再起。

热的油豆腐很香，像吹了气的大泡泡。通常，我们也会趁热拿了吃，撕开了，外黄里白，手嘴都是油光。炸好的油豆腐在簸箕里堆得如山，母亲会用她预备好的瓦瓮，将大部分的油豆腐一层层装进去，每层撒上盐压实。这样的油豆腐，能吃到来年早稻插秧。

每年，母亲在炸完油豆腐后，会将一部分油豆腐撕裂翻转，放进和了鸡蛋及盐的浓稠面灰浆里搅拌均匀，复又油炸一遍。这样的油豆腐叫翻皮豆腐，色泽金黄，比手掌还大，又是别样风味。

酿豆腐是故乡人家过年的必备菜。其做法先是蒸了糯米饭，再剁了猪肉、葱、蒜、芹菜，一并在锅里翻炒，放上各种调料。然后将油豆腐撕裂一道长口子，夹了糯米馅填塞饱满。做菜时，将酿豆腐捡进大碗或瓦钵，焖蒸一番后，即可食用，热热乎乎，香味浓郁。

母亲有时也炸坨子豆腐。这需要在做豆腐时，跟豆腐匠说一下，留一箱豆腐不分层，切好后，就成了拳头般的厚实方墩。坨子豆腐因为厚，只是外皮炸成焦黄，里面依然是白白嫩嫩的。可趁热粘了糖吃，就是糖豆腐。也可做菜，炝水略煮，撒上葱丝香芹，撒上红红的辣椒灰，拌上油盐酱醋，既好看又好吃。

母亲也有腌油豆腐的习惯，将油豆腐腌进剁红辣椒坛子里，能长期不坏。我上中学时住校，有时星期天下午返校时，玻璃瓶菜罐里就是装的红辣椒腌油豆腐。

世事变化如此之巨，是我们所不曾料想到的。多年之后，故乡的油茶林或烧或砍，差不多都成了荒山秃岭，最后连村里那上百年的榨油坊也拆毁了，曾经丰富的茶油成了过往记忆。

村人多进城打工，不屑于农耕。田园荒废，豆腐坊也随之沦落。随着这几个老豆腐匠先后谢世，做豆腐这门为时人所不屑的传统手艺，也彻底从村庄消失。

故乡的新茶油炸油豆腐，在时间的长河里，渐行渐远。

腌辣椒

那些粗陶旧瓮，大多是放置在木板楼上。

旧时故乡的民居，多是二层的砖瓦房，灶屋与卧房相通，由卧房一角的宽板楼梯通往楼上。楼板上放置的东西很多：成堆的干柴，高大的谷廒，老式的板箱，乌黑的四脚柜，暂且不用的谷箩……最多的莫过于大小高矮不一、形状各异的粗陶旧瓮。这些陶瓮，有的装米，有的装猪油、茶油，有的装花生、豆子、红薯皮，自然，装腌菜的是多数，一户人家，少说也有好几只吧。

童年和少年时代，我家的腌菜瓮就不少。这些粗糙的陶瓮或赶圩买来，或从离我们村仅五六里路的窑上村买来，那是一个自古就以烧制乡村日用粗陶为业的村子，远近闻名。母亲是做腌菜的好手，一年四季，随着各个季节园中菜蔬的轮替，她要将家里的腌菜瓮都腌上种种菜蔬，以备一年之需。

村人嗜辣，几乎无辣不成菜，哪怕煮个汤菜，炒个时鲜青菜，也要放一两调羹辣椒灰，红红辣辣的，看着就有胃口。没有煮菜的日子，从腌菜瓮里掏出一小碗腌辣椒，咸咸辣辣的，一家人就能津津有味地吃上一餐饭。而在夏秋辣椒满园的季节，不管谁家，每天的菜锅里必定会炒香辣刺鼻的新鲜辣椒。故在村人的饮食习惯里，辣椒灰和腌辣椒是一年中都不可或缺的。尤其是腌辣椒，既能直接当菜，又能与各种食材为伍，做出的菜肴无不喷香好吃，在村庄的诸般腌菜中，当之无愧是腌菜之首。

每年到了农历六七月间，红红的辣椒挂满枝头，就到了一年中腌辣椒的好时候。这时的红辣椒皮厚，籽粒多，最适合做腌辣椒。母亲做腌辣椒，通常会接连几天，将菜园中摘来的红辣椒经过一番挑选后，将那些品相好没有虫眼的放在屋内阴凉之处的地上，等积攒一二十斤了，用剪刀剪去辣椒柄，清洗后，摊开在簸箕和箩筐里，在太阳下晾干水分。此时，那些在楼板上搁置了一年的腌辣椒瓮，母亲也会端了下来，里里外外洗刷干净，在阳光下暴晒干爽待用。

腌辣椒的过程其实十分简单，主要的功夫在于剁碎红辣椒。在村里，剁红辣椒一般是用木碗盆和盾刀。木碗盆需洗净晾晒干，盾刀定

然也磨得锋利，刃口雪白。盾刀是一种特制的刀具，宛如长柄的铲子。红辣椒倒入木盆里，将近满满的一大盆。双手握着盾刀的长木柄，匀速地朝下盾剁，嚯嚯有声。这样子盾剁辣椒的动作，村人习惯上叫作盾辣椒。盾辣椒时，可站着盾，也可坐着盾。我年少时帮着母亲盾辣椒，需站立，这样更好把控力度和方位。盾辣椒也有巧妙处，以盾盆中央为主，再慢慢向周边扩散。那些挨着盆壁的辣椒，扒拉到中央来盾，如此，就不会盾破盆壁。盆里的辣椒，随着密集的盾剁声，先是解体，继而越来越细碎，红红的辣椒皮，金黄色的辣椒籽粒，混杂在一起，十分鲜艳。当辣椒皮都已盾得大小如婴儿的指甲盖，一盆辣椒算是盾好了，已比最初浅了许多，按一斤辣椒大约二两盐的比例倒入盐，拌和均匀，即可用铜勺一勺一勺装入瓮中。一瓮装满，重新端上楼，回归原位。腌辣椒瓮的瓮口外围有一圈瓮唇，高寸余，上部略宽，瓮唇内需倒入少许水，而后盖上瓮盖，这样就可隔绝空气进入瓮里。瓮唇上的水，每隔一段时间，就会蒸发许多，又得添上。有的年份，我的母亲是在瓮唇里倒一圈茶油，可以经年无虞。

家中有一两瓮腌辣椒，能吃一年不坏。腌辣椒里面，也通常会腌进一些别样的菜蔬。比方说，将茄子切成两半蒸熟，压扁后铺在篾垫上晒干，腌进辣椒瓮里，就成了腌茄子。腌茄子吃起来绵软、咸辣。又比如腌冬瓜，将冬瓜去瓤后切圈，套在竹篙上晒蔫，再切成小段，腌进辣椒瓮。腌冬瓜在瓮里吸收辣椒汁水后，复又膨胀，外皮碧绿，白质透红，像肥厚的猪肉，色美味美又软和脆嫩。其他诸如腌藠头、腌大蒜、腌仔姜，都是农家美味，各有千秋。

腌辣椒与荤腥同炒，在故乡堪称佳肴。旧时村前的江溪水圳，多野生鱼虾，众多的池塘里，又多养着家鱼，稻田里的黄鳝、泥鳅也多，村中男孩和成年人，平时喜爱下水捕捉，如此，寻常人家也常能吃到这样一些美味。记得小时候，我家有一个专门装干鱼、虾、泥鳅的小篾笼，悬挂在灶台之上的屋梁上，我捉来的这些收获，母亲在锅里煎干后，装了进去，日积月累，竟然不少。来了客人，或老师来家访，母亲掏了腌辣椒炒干鱼、虾、泥鳅，放了葱丝或蒜叶，色香味俱全。腌辣椒炒田螺，也是故乡人爱吃的。田螺无论大如小拳，还是小如指头的，壳里的肉浸润腌辣椒的咸辣，嘣起来更带劲。腌辣椒蒸雄鱼头，腌辣椒煮新鲜鲢鱼，外加魔芋豆腐，那真叫一个有滋有味，其乐无穷。

相比而言，腌辣椒炒鸡蛋、鸭蛋，就愈发常见了。从瓦罐里拿三两只蛋，打入大碗，用筷子搅拌均匀，倒入冒烟的油锅里荡开，便是黄澄澄的一大块，再倒进半碗腌辣椒，几下翻炒，略为焓水出锅，红辣金黄，香味早已入了心脾。只是这样的场合，鼎罐里的热饭，或者木甑里的热饭，怕是要浅下去更快更多。

腌豆角

菜园里的长豆角，总是与辣椒相生相伴。

故乡的农谚说：“清明前，好种棉。清明后，好点豆。”过了清明节，天气趋于晴暖，村人的菜园里，又到了一年中点种长豆角的时候。故乡人点种长豆角，多是环着一块方形园土的四周，每隔五六寸间距，开挖一个小土坑，浇上大粪，撒下两三粒豆种，复丢下一把柴灰火淤覆盖，这样依次点种一圈。数日后，豆种发芽，长出嫩嫩的叶芽儿，在春风里颤动。

钻出泥土的豆角苗生长迅速，一天一个样儿，碧绿的叶片如小掌，一丛丛，盈满了一个个的小土坑。这时，村人就会从山上砍了修长的野树枝，或者背来上一年曾经用过的那些乌黑枝条，沿着园土的周边，相互倾斜交织插上一圈，犹如高高的篱笆。一棵棵豆角苗的长茎，伸张触须，攀附着树枝，不断昂首生长。篱笆上的绿叶由稀而浓，渐渐抬升，最后几乎全然掩盖住了枝条，成了浓绿的豆角叶墙。与此同时，豆角篱笆里面栽种的辣椒和茄子，也长得枝繁叶茂，花儿渐开。

豆角开花的时候，绿篱上十分热闹。豆角花状如指头，或白，或红，或紫，或粉，色彩缤纷，层层叠叠，开满整道篱笆，引得无数的野蜂嗡嗡起落，引得白的白、黄的黄、黑的黑、花的花各色大小蝴蝶翩翩飞舞。此时的乡村菜园，真是一片生机勃勃的美丽花园。

长豆角多是成对儿从花荚子里长出来，起初像两根小触须，向外向上斜翘。豆角越长越长，越来越粗，在自身重量的牵引下，渐渐垂了下来。家乡的长豆角，大多数是浅绿色的，也有一种乌紫的。端午节之后，豆角进入了丰产期，家家户户的菜园，每天一大早，在晴好的晨阳里，都有主妇提着大菜篮子，在采摘豆角、辣椒、茄子诸般时鲜菜蔬，常装得满篮满筐。

长豆角生吃也无妨，我们小时候在菜园里，有时就直接摘了嫩豆角吃，脆脆的，一股清淡的豆角香味。在夏日，长豆角成了农家的家常菜。我的母亲有时用手将长长的豆角折断成手指长一截一截的，清洗后，直接倒入菜锅水煮，熟后放入油盐即可，十分简单。这样煮的豆角，可以直接用饭碗装了吃，也可拌饭嚼豆喝汤，味道都好。长豆

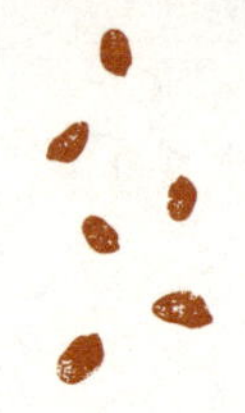

角切指节长的小段，与斜切成片的青辣椒同炒，是另一种常见的做法，豆的清香与辣椒的香辣混合着，吃起饭来，就愈发胃口大开，满面热汗。

长豆角每天都要采摘那么多，一时吃不完的，自然就要另行处置，或者晒干豆角，或者腌咸豆角，腌酸豆角。晒干豆角时，需先将洗净的豆角用盐腌上几个小时，待其蔫了，拿出来，放在簸箕里轻轻揉搓，这样处理过的豆角就愈发青翠了，而后在烈日下晒几日，直到干透存储起来。干豆角炒肉，中秋节用干豆角炒土鸭，都是故乡佳

肴。腌时鲜的咸豆角，则是早上摘了豆角，便将其水洗后，摆放在簸箕、团箕上，或直接铺放在禾场上晾晒，等到下午太阳落山，晒了一天的豆角都蔫蔫的，十分柔软，每四五根反复折叠，扎成拳头大的小扎，凉透后塞入腌辣椒瓮。两三天后，从腌辣椒瓮里掏一碗腌豆角，连同红红的剁辣椒，翠红相映，看起来十分可爱，吃起来，香辣清脆，作喝茶的茶点，作拌饭的咸菜，都好得很。腌酸豆角的做法，如同腌咸豆角，不同的是，晒蔫的豆角装入了酸水瓮里，且常与酸辣椒为伍。

酸豆角炒菜非常开胃，夏秋间，酸豆角炒青辣椒味道就不错，若是煎了蛋同炒，就更妙。酸豆角炒干的小鱼小虾，炒干泥鳅、干黄鳝，香喷喷的，谁能不爱？春节期间，酸豆角或酸辣椒炒猪肚、大肠、小肠，待客的酒席上岂能缺少？

村中也有另两种腌豆角，一是八月豆，也叫扁豆，再就是刀板豆。扁豆或白或紫，宽瘪而短，晒蔫后放进腌辣椒瓮。刀板豆碧绿厚实，长方如刀，摘了来，需斜切如梳，晒蔫了，一片片扒断，与剁辣椒同腌。吃时，二者皆香辣脆嫩，又各有其味。

腌风菜

春夏秋冬，一年四季，故乡那些成片的菜园里，总是轮番上演着生命的代谢与更替，充满了生机与活力。这些菜蔬之中，单是大叶子菜就不少，诸如包心菜、白菜、调羹白菜、莙荙菜、肥菜、风菜等。这之中，我以为数风菜的叶片最大，而且又以它做成的菜式花样最丰富。

风菜的名称是故乡人的习惯叫法，据说是因为吃了这菜，腹中会鼓风，尤其是吃了未太煮熟的时鲜风菜，更为厉害。不过，我从小就常吃这菜蔬，并未觉得肚子里有什么风在那里滚来滚去鼓鼓胀胀。莳风菜一般在农历十月，此时，菜园里的辣椒树和豆角苗已经拔掉，土地重新挖垦一番，开成一行行的小土坑，浇上粪肥，莳下用上一年自家留下的风菜种子播育的幼苗。风菜生长很快，叶片巨大。有一种风菜，叶片的边缘如锯齿，色泽更翠绿，叫烂叶风菜，另一种无锯齿，却更加宽大如蒲扇，色泽泛紫，又叫蒲扇风菜。相比而言，做起菜来，烂叶风菜的味道更好。

在寒冬，风菜既是农家餐桌上的时鲜青菜，也常用来剁碎了煮潲喂猪。风菜叶的秆子宽过手掌，厚实，长过尺余，三两块，就能横切成细丝条煮一两大碗。小时候母亲煮风菜丝，一番油炒过后，要加上水，放一些浸泡过的红薯粉条，俗称和结（方言读音），盖上锅盖，煮至熟透。母亲说，风菜要煮熟透了，才能去风。而后，放了盐，撒上红红的辣椒灰，挑一小团土酱酒，一番拌和，就香气四溢了。

村里腌风菜的人家渐渐多了起来。冬季风菜的腌制，以腌咸风菜为主。在晴朗的日子，早晨摘了风菜叶后，清洗干净，去掉顶部如裙的叶尾子，将风菜秆切成小段，状如方形的巴掌，晒蔫或烘蔫，拌上盐，略为揉搓一番，色泽便越发青翠，装入瓮里腌起来。吃时，掏一碗腌风菜，再从腌辣椒瓮里掏一勺腌辣椒，搅拌一下，顿时红翠可爱。旧时故乡人家有喝早茶的习惯，长冬的早晨，一家人起床洗漱后，围着灶火，喝着热茶，嚼着焖蒸过的红薯，筷子上夹一块腌风菜，吃得兴味盎然。有时，我的母亲掏一碗腌风菜，用茶油炒一下，放了蒜子、葱丝、辣椒灰，就更香了。

一园风菜，轮番摘叶，要持续好几个月。待到来年清明时节，天气晴暖，风菜长了大菜蕻，有的甚至开出了一串黄花，又到了砍风菜挖园土的时候。砍下的风菜，家家户户挑到江边、溪边、水圳边、水井边、池塘边清洗，江洲、江岸、溪岸、塘岸、禾场、竹篙，到处铺满或挂满了晾晒的风菜叶，村庄俨然成了一个风菜世界。

摘除大叶后的风菜蕻，粗壮如臂，用菜刀剥去厚硬的表皮，里面的嫩蕻水灵灵的，洁白如玉。嫩蕻切片清炒，味道鲜美。若家中还剩下过年时油炸后堆盐腌于瓦盆的残肉，与嫩蕻同炒，独有的芳香更是妙不可言。

这几天，村庄家家户户都会做腊菜。挑选一些嫩风菜，入锅用热水焯后，连水带菜倒入木桶捂盖。几个时辰后，原先青翠的风菜，变成蜡黄，别有一股清香。此时，村庄周边的山岭原野，野笋子长得正兴旺，切碎的腊菜炒野笋子，便风行一时。若是将焯水后的风菜晒干透，就成了白亮亮的干风菜，一束束扎好，存储起来。在盛夏，干风菜浸泡后切碎，与青辣椒同炒，又成了农家餐桌的新花样。

那些在江洲和堤岸各处晒蔫的风菜叶，各家会收了来，切除叶尾子，将风菜秆或切块腌成咸风菜，或不切直接腌进酸水瓮，成了酸风菜。叶尾子继续晒干，成扎绑好，另放入一只空瓮，也不用撒盐，直接盖上瓮盖，在瓮唇里加了水，隔绝内外的空气流通。若干日子后，瓮内的叶尾子渐渐润了，乌黑色，有一股淡淡的微酸香气，这就是水腌菜。水腌菜切碎煮汤，是盛夏的开胃菜。

腌透的酸风菜，通体黄亮，香气浓郁。在以后的日子，酸风菜切丝炒辣椒、炒干鱼、炒蛋，都为农家的粗茶淡饭增色不少。切成大块的酸风菜煮活水鳙鱼，更是成了多年后一度风行城乡饭馆酒家的美味佳肴。

腌芋头婆

一场大雨过后，碧绿的如盘大叶上盛着几团或大或小的水珠，晶莹剔透。一有风吹，这些白亮亮的水珠儿一会儿滚到这边，一会儿滚到那边，摇晃不定。而水珠滚过之处，叶面绿得油光干爽，全然没有一丝一毫黏附的水分。最终，叶儿静止，水珠停留在叶盘中央的低洼处，映着天光云影，飞鸟飞虫。童年时代，村前莲塘里的荷叶，稻田间的芋头叶，这样的景象曾无数次令我驻足观看，暗暗惊奇。

村人喜爱吃芋头，家家户户自然都会种芋头，尤其是在分田到户之后。在故乡，芋头多是种在稻田的田埂边。通常，在春插之前犁田时，在刨修田埂四周的边坡和草皮之后，村人会用钉耙状的四齿锄挖了旁边大团的田泥，沿着田埂堆出一圈宽尺许的新田埂，比原有的田埂要矮一些，俗称帮田埂。手与锄的并用，帮田埂筑得结实规整，表面密布斜斜的手指和锄齿的印痕。

在春风春阳里，过了数日的帮田埂，水分蒸发，硬实了许多。帮田埂可用来种黄豆、绿豆，也可种豆角、辣椒和茄子，更多的当然是种芋头。种芋头自然要挖小坑，不过村人有更好的办法，拿一把镢头，反转着，每隔七八寸的间距，在帮田埂上击打一下，就成了一个个拳头大小、光滑匀称的小泥坑。而后挑来已经发了牙的芋头种，挑来粪淤或猪栏淤，一个小坑种上一个，末了，又到稻田双手挖泥，将每一个种了芋头的小坑糊上一层泥巴，只在芋头冒芽的地方留一个小圆孔。当稻田插满了早稻浅嫩的秧苗，田埂上的芋头也长出了几支三两寸高的嫩茎叶，青翠的叶儿或卷曲如筒，或舒展如掌，精致小巧，赏心悦目。

几经风雨阳光，一丛丛的芋头茎叶长得高挑宽阔，绿意盈盈。田埂上长满了细嫩的小草，绿茸茸，像芜杂的眉毛胡子一般，村人笼统地称之为眉毛芜。而稻田的杂草也长高长多了，薅田的劳作就自然而然来了。薅田的日子，田里的杂草，田埂上的眉毛芜，村人会拔扯干净，铺在芋头叶下，再糊上一层田泥，这样，杂草沤烂变成了芋头的肥料，而更厚的泥层，又让泥土里的芋头有了更大的结子空间。一季

早稻，需薅田两三次，帮田埂就愈发厚实了，芋头长得茎高叶阔，亭亭玉立。

盛夏“双抢”时节，金黄的早稻要抢着收割，嫩绿的晚稻秧要抢着插下田，为的是与节气抢时间。这是一年中农人最辛劳的日子，烈日炎炎，晴空如洗。田埂上那些宽阔的芋头叶，这时常会派上用场。割禾打禾，扯秧莳田，累了渴了，我们有时摘一两张大芋头叶，两条泥腿走到井边或泉水边，一番牛饮后，用芋头叶包上一两包水，鼓鼓囊囊的，像绿色的大包子，撮着手指拧着，带给田里的家人喝。有时头皮晒得发烫发麻，摘一张大芋头叶戴在头上当草帽。

芋头生长期很长，需要经历早稻、晚稻两季。当晚稻收割干净，已是农历九月，终于到了挖芋头的时候。这时的芋头茎叶，很多已经干枯，早没有了往日蓬勃的景象。冬日的田野干燥而空旷，各家背了大齿锄，挑了箩筐，沿着帮田埂一颗一颗挖芋头，泥土翻转，露出一丛丛大大小小的芋头子，毛茸茸的，或乌黑，或赭黄，或如球，或如棒，或单个，或牵连，无不沉甸结实。摘芋头子的妇女和孩子，将新结的芋头和原先做种的芋头婆分别开来，各自盛装。此时的芋头婆，乌黑乌黑，大如饭碗，远比栽种之时大多了，又老又硬。那些尚且鲜嫩的芋头茎叶，也会扒了，挑回家中，叶喂猪，茎秆切小段晒干，做成干芋荷秆。

冬日里吃煮芋头，味道相当不错。在我们家，煮芋头时，母亲先是将芋头子清洗扒毛后，放入鼎罐炆熟，或者蒸脸盆饭、蒸甑蒸饭时，放到大水锅里浸泡着，一道蒸熟。而后拿出芋头，很轻易地剥去表皮，切片汆汤，放了油、盐、葱丝。芋头粉滑细嫩，浅紫色的汤汁浓稠，吃起来十分香甜。芋头汤拌饭尤好，咕嘟咕嘟，便能吃下几碗。

那些大芋头婆，因为过老，我们并不煮着吃。母亲通常是用铜饭勺将其一一刨皮后，整个儿放入大锅炆熟，再剖切成半月状的小块，晒干或烘干。干的芋头婆坚硬如铁，色泽深紫，或腌入辣椒瓮里，或装袋包好，存储起来。

在腌辣椒瓮里腌透了的芋头婆，吸收了咸辣的汁水，变得半软半硬，吃起来香辣可口。干的芋头婆用热水浸泡软，入锅油煎，佐以葱、蒜、辣椒灰，香气扑鼻，旧时曾是我父亲尤爱的下酒之物。干的芋荷秆，亦可腌可炒。芋荷秆炒土鸭，堪称地方名菜，口味不凡。

故乡的稻田，如今大多早已荒芜。种稻的人家既少，田埂上种芋头也就更稀罕了。去年冬天的某日，在一处菜园里，看到一个个遗弃的硕大芋头婆，殊为可惜，不由地回想起那些远逝的简朴又亲切的时光。

腌萝卜

萝卜白菜，各有所爱。不过对于我来说，两者都喜欢吃。旧时家中菜园所种的白菜，到了一定的时候，母亲就会用稻草细绳将散开的大青叶收拢，在腰部捆一圈，绑成一个立着的菜柱子。以后白菜越长越粗大，越长越紧密，外青内白，招人喜爱。在冬日里，不时砍一颗白菜来，切丝清炒，抓一把浸泡好的红薯粉条，一同煮熟，再放了辣椒灰等诸般调料，拌和均匀，瓦檐下的灶屋里就氤氲着诱人的香气和暖意。

相比白菜而言，故乡的萝卜种植面积更大，田里、菜园子里，皆有所种，以供人吃和喂猪。尤其是在生产队的时候，每年秋收之后，稻田空旷而干枯，村人拿了镰刮、草刮之类的板锄，将整丘整片的稻田刨了表皮和禾蔸，晒干了，堆积于一堆堆的干茅柴之上，点了火，浓烟滚滚，烟柱冲天，焚烧成火淤堆子。数日后，当这些烧成橘红的大火淤堆子冷却下来，村人再拿了板锄和连枷，将堆子扒散击碎成粉末，掺和大粪，复收拢成堆，任其发酵，就成了点种萝卜的好火淤。以后稻田挖垦了，开出一条条笔直的长浅槽，火淤里拌上萝卜籽，沿着槽沟每隔数寸撒一把。火淤松散，透水性好，有利于萝卜的发芽生长。要不了多长的日子，广阔的田野上，大片大片碧绿的萝卜菜就长得十分茂盛。分田到户之后，这样的大场景已然不再，不过家家户户仍会根据自家所需点种萝卜。

乡村长冬的一日三餐，普通农家的菜碗里，不是青菜就是萝卜。我的父母曾多次对我们说，一夏一秋吃下辣椒在肚里所积蓄的火毒，就要靠一冬的萝卜才能解。那时的萝卜都是用农家肥点种的，绿色无污染，洁白圆润，水嫩甘甜，煮了做菜吃，口味自然不错。母亲煮萝卜，通常会变换几种花样，她切萝卜的时候，往往会问我们，是吃萝卜丝，还是吃萝卜片，或者煮墩子萝卜？煮萝卜丝有专门的刨子，一块长条的木板，中间嵌一块薄铁皮，密布锋利斜凸的成排小方孔，母亲将萝卜刨成丝，根根晶莹剔透，入锅水煮。煮萝卜片则简单多了，将萝卜剁开两半，再快刀切片，片片如月，同样也是水煮。最难煮熟的是萝卜墩子，将萝卜剖边后，竖切长条，再切成四方的小墩，比拇

指节还粗大。煮萝卜要放白色的猪板油，红红的辣椒灰也要多放，再佐以盐、葱丝、香芹、土酱油等调料，香气浓郁，热气腾腾。偶尔称了猪肉，与萝卜同煮，更好吃了。

大萝卜拔了，小萝卜又长大，生长十分迅速，加上大冷天猪草难寻，母亲差不多每天都要去田里拔萝卜，提上满满一大篮子回家。母亲把大的萝卜削下来，用来煮菜或加工成别样的菜品，小萝卜和青叶，则剁碎了与干红薯藤一道煮潲。

父亲尤爱吃母亲做的烂萝卜。母亲做烂萝卜，过程烦琐，需先将挑选好的一批大萝卜，削了根，整个儿放在大锅里蒸，能穿透筷子方好，而后将这些萝卜，一个个放在砧板上，用菜刀压扁，挤去水分，再铺放笼罩里烘至半干半硬。做菜时，烂萝卜切成大块，两面用猪油煎，炝水后，拌上调料出锅。烂萝卜烂软如肥肉，下饭佐酒都香。

做甜萝卜也是母亲的拿手戏，挑个头适中的萝卜，清理干净后日晒夜烘，直至干透，一个个状如瘦老头的长皱脸。专取一只空瓮，将皱萝卜一层层码放，每层撒少许盐。这样满满一瓮，盖上瓮盖密封，能经久不坏。随着日子的推移，瓮里的萝卜渐渐潮润变甜，既可切片油炒做菜，也可直接拿了当零食吃。来年春上，家人去远山割积肥的草叶，带上几个焖蒸的红薯，几个甜萝卜，当得了饱肚的饭食。

腌酸萝卜、腌咸萝卜，更是必不可少。母亲腌的酸萝卜有两种，一是将大萝卜整个儿泡进酸水瓮，再就是用木碗盆和盾刀，将干净的萝卜盾剁成指尖大的小颗粒，和了盐，专门腌上一瓮。剁碎的萝卜晶莹如玉，水嫩嫩的，腌好了，味道微酸，多汁水，俗称水萝卜。水萝卜炒蛋，炒干鱼、虾、泥鳅，拌上腌红辣椒，色香味俱全，看着闻着就感到肚子饿得慌。我上中学的那些年，周末带回学校的菜瓶子，也常装满了水萝卜。

烘干萝卜条，则要贯穿整个冬天。乡村灶台的余火，村人总喜欢罩上笼罩，烘红薯皮，烘萝卜条。日复一日地烘烤，白亮的干萝卜条越积越多，有的捆扎储存起来，日后浸泡后切碎，可炒菜，春节期间炒猪耳朵，炒猪嘴，炒猪舌，炒猪肉，香辣爽脆，无不味美。有的则腌进腌辣椒瓮里，成了红红辣辣的咸萝卜条。

记得许多个寒冬的早晨，灶里柴火正旺，黄亮亮的铜茶壶里，母亲已经泡好了滚烫的热茶。灶桌上插了红漆斑驳的接手板，摆了茶碗和筷子，焖红薯、腌萝卜条、煨烫皮，也都摆上了，一家人围坐着，暖意融融，喝茶，嚼红薯，嚼烫皮，啃萝卜条，简单的生活，如今觉得竟然是那样地富有诗意。

有的日子，母亲会掏一碗红辣辣的腌萝卜条，用新茶油煎炒一番，撒上葱丝或蒜叶，浓浓的香气，呛鼻的辣味，顿时从屋里飘到石板巷子，引得路过的人连打几个响喷嚏。

腌豆酱

过了中秋节，气温一天天凉下来了，故乡心灵手巧的家庭主妇们，腌豆酱的也渐渐多了起来。

早在农历六月，地里的黄豆就已砍割，那些晒干的金灿灿的圆豆子，各家除了赶圩卖一些外，其余的都会妥善储藏起来，或者在闲暇时炒食一些，或者打几回豆芽菜，当然，最重要的还是留待年底腌豆酱，做油豆腐和霉豆腐。

腌豆酱对黄豆的要求高，我的母亲做这件事情，通常会量了几筒黄豆倒在米筛里仔细挑选，剔除零星的碎豆荚、小沙砾以及有虫眼、品相干瘪不端的豆子，留下的豆子都是颗粒饱满光洁的。这样精挑细选出来的豆子，哗啦啦倒入盆中，舀了干净井水，浸泡一个昼夜。

浸好的黄豆，膨胀开来，捞入鼎罐或水锅，漫上水，以文火焖煮几个小时，直到锅里的水全部煮干，又不烧煳豆子。经了这样工序的黄豆，方可用大瓦钵或者蒸甑蒸饭所用的甑箅装了，盖上盖子，或摘几片梧桐叶盖上，让其发酵。通常，若是用大瓦钵盛装煮熟的豆子，往往还在底下垫上一层梳理后剪断的干净稻草的光亮黄茎，以便沥下发酵过程中豆子渗出的余水和黏液。

若是暮秋初冬的日子，天气晴朗，温度还不是很低，为防发酵的黄豆变质生蛆虫，村人还常会从村前的江边折几枝俗称黄季叶（方言读音，学名黄荆）的灌木枝叶覆盖。黄季叶的叶片与枫叶颇为相似，正面绿，背面泛白，呈羽状丛生，叶质柔软，有一股淡淡的芳香，开紫色成簇小花。这种小树的枝叶有杀虫灭毒之效，有了它，黄豆的发酵过程便有了贴身护卫。

气温略高的日子经了三四天，天凉的日子过了六七天，黄豆酱便发酵好了，色泽黄中发黑，有着黏液，散发浓香。这时将黄豆酱拌红红的辣椒灰和盐，搅拌均匀，即可装入一只专门的小瓮腌制，盖上瓮盖，瓮唇里放了水密封起来。也有的人家，部分黄豆酱并不腌制，而是烘干，就成了干豆豉，能经年保存，是上好的调味品。

腌豆酱是故乡腌菜里的极品，种种菜肴，一经与它拌和，味道就骤然更香更好。腌豆酱拌上腌剁辣椒，红辣醇香，看起来就食欲大开，

装几碗热饭拌上吃，无须别的菜肴。腌豆酱捣烂拌腌风菜、腌芋头婆、腌萝卜条、腌大头萝卜、腌油豆腐，也都是好上加好，滋味愈加丰富。

腌豆酱与荤菜搭配，又衍生出诸多美妙的享受。腌豆酱炒蛋，炒干的鱼、虾、泥鳅，炒干鸡、干鸭，煮田螺、嘣螺，般般都是佳肴。若是家里杀了猪，将那炸了油后的板油渣子装一小碗，上面盖上几调羹腌豆酱，与米饭一道蒸熟，端出来，满屋子的香气。软软的油渣子热热乎乎，油汪汪，喷喷香，吃饭下酒，真是农家乐子啊！在春节期间，红亮亮的大油炸肉切棋子坨，或者划切成梳子状的扣肉，添上少许腌豆酱同煮，味道浓郁，又是别具一格，让人忍不住举筷连连，满嘴油光。

煮菜时放一把干豆豉，即便简单菜蔬，味道也能增色不少。尤其喜欢母亲在夏日里做的压辣椒，将整个的青辣椒用菜刀在砧板上一拍，皮裂籽溅，放入油锅猛火炒压一番，香辣刺鼻，炝水后撒上一撮乌黑的干豆豉。这样的压辣椒，咸辣酱香，翠皮黑点，为我一生所钟爱！

第六辑

饮

红薯烧酒

“无酒不成席”，这句老话妇孺皆知。村中宴席，无论红白两喜，席面大小，哪有不上土酒的？便是寻常一日三餐，谁家男人不要喝上一盅两盅？

在故乡，土酒多是自家酿制的红薯烧酒。昔日里，红薯是仅次于稻谷的主粮，酿红薯烧酒，是村人沿袭已久的习俗。每户人家，在深秋挖了红薯之后，都会挑选几担红薯用来酿酒。酿酒是一个烦琐的过程，前后需要很长的时间。

记忆中每年父母酿酒的日子，已是寒冬。在池塘里或溪圳里洗干净的红薯，用谷箩装上一两担，溜干水后挑回家用盾刀剁碎。盾刀状如小铲，长木柄朝上，刀刃向下。剁时，人站在箩筐边，双手握着长柄，用力铲剁筐里的红薯，嚯嚯有声，这一动作，方言叫作盾红薯。红薯质地硬实，筐子又深，剁碎满筐的红薯并不容易，既费手力，也要耐心，还需掌握一些技巧：比方说，盾刀下刀时不要挨着箩筐边，尽量靠中央；先可乱剁一番，而后集中一处密刀细剁……有时我也接过盾刀来剁，速度快时，一不留神，会将箩筐边铲烂，招致责备。一筐剁成指头粗细的红薯颗粒，需倒入洗干净的大潲锅里，加水煮熟成糊状，再舀出来，用大大小小的木盆、木桶装着冷却，这就是红薯糟。而后，添水煮下一锅剁好的红薯。

冷却的红薯糟，母亲会撒上事先已发酵好的酒醅子，双手拌和均匀。酒醅子也叫酒娘，是挑选几斗干净的高粱，浸泡后蒸熟，用瓦缸装起来，掺和自制的酒药，捂盖严实任其发酵待用。掺了酒醅子的红薯糟，父亲则用大竹勺或者瓜勺，一勺勺舀进已预备好的大瓦瓮。这样的大瓦瓮体型庞大，小孩子站在里面能施展拳脚，叫作大庞瓮，一瓮能装几大锅红薯糟。装满的大庞瓮，捂盖好，任其在厅屋一角慢慢地再度发酵。冬天气温低，红薯糟的发酵过程，差不多要一个月的时间。

之后的日子，家人要从山上砍来几担好柴火，晒干后，存储好，以备出酒所用。村人用土法蒸馏红薯烧酒的过程，叫作出酒。出酒借助于平时煮潲的大灶和大锅，同时还需三件专门的用具：过缸、罩盆

和竹筒。过缸构造巧妙，是上口大下底小的圆瓦缸，有两层缸壁，外壁上端留有一碗口大的圆孔短管，连通夹层。短管相对的另一侧的缸底外面，是一个瓦嘴子。罩盆则是笨重的大木器，盆壁预留一个圆孔，大小与过缸短管相仿。

当大庞瓮里的红薯糟发酵成了酒糟，乌乌黑黑的，鼓着气泡，溢出酒香，就能出酒了。出酒这天，父母亲一大早就忙碌开了——挑水，搬柴，洗潲锅，舀酒糟，盖罩盆，在木架或矮桌上架过缸，用竹管将罩盆和过缸连接起来，并在接口处糊上柔软的黄泥，过缸里满上水，瓦嘴子下摆放空酒坛……当所有的这些准备妥当，母亲专心致志坐在灶门口的矮凳上烧柴火，手拿一柄长叉，不时将干柴塞进灶膛，燃起熊熊大火。

不多久，过缸的水面上渐渐冒着热气，空气中也有了淡淡的酒香。突然，一阵清亮的声音响起，叮叮咚咚，酒液自瓦嘴流出，一线不断地滴落酒坛。这时，父亲会拿一只瓷调羹，接了酒来尝尝，咂嘴赞叹："好酒！好酒！"脸上满是笑容。母亲也会接一点尝尝，同样的赞叹和笑脸。我们也会尝尝，温热的酒液浓烈而芳香。若是来了村邻，父母也会盛情相邀品尝，收获赞誉。

柴火不停，过缸里的水热得很快，需频繁地舀出热水，换上冷水。洗衣服被子的村邻，不时来提热水，说上几句感激的话语，赞美一番酒的醇香。盆盆桶桶，摆满一地，厅屋里杂乱而热闹。这样的时刻，母亲心情总是格外好，她也会应我们姐弟的要求，在灶膛里煨烤几个香喷喷的大红薯，焦黄软糯，十分甘甜。

每隔些时候，母亲会尝尝酒的浓淡。当酒味很淡薄时，一锅酒算出好了。停了火，拆掉竹管，揭开罩盆，将沸腾的酒糟舀出来，用潲桶木盆装上。而后从大庞瓮里，舀新酒糟倒入潲锅，添冷水，出下一锅。这样出酒，从早到晚，往往要两三天方罢。出过酒的红薯酒糟，装入大大小小的瓦瓮，在今后的日子里，每次喂猪潲时，掺上一勺两勺，猪吃得愈发香甜。

酿红薯糟的大庞瓮空了，又进入下一轮酝酿。一个长冬下来，父母亲制酒醅子、酿酒、出酒要重复两三次，一次紧接着一次，每年要出五六担红薯的烧酒。

一坛坛满满的红薯烧酒，在楼上的墙脚摆成一排，以供未来一年父亲的饮用和待客之需。

糯米酒

在故乡，有一种酒老少咸宜，无人不爱，雪白雪白，甜甜蜜蜜，叫糯米酒，也叫糯米甜酒。

那个时候，家家户户种早稻、晚稻两季，每到插秧季节，都会适当种一片糯谷。相比粘谷，糯谷产量小，并不用于日常饮食。一年中，煮糯米饭的日子屈指可数，按照村里的风俗，一般在农历四月八节和端午节煮糯米饭吃。糯米质软，油润，黏稠性强，包粽、捣糍粑、做米粑、炸年货……这诸般美味都离不开它。酿糯米甜酒，则更是风味绝佳。

糯米酒一年四季可酿。不过，对于普通农家来说，酿糯米酒的日子多在临近春节的深冬，以及春夏之交的农忙时节。

用米升量取糯米一斗（十升为一斗），拣去杂质，井水浸泡后，上甑蒸熟。蒸糯米需大火，打汤是关键。当木甑里的米粒间冒出大热气，揭开甑盖，舀一碗凉水泼洒均匀，复又盖上，这就是打汤。如此几番打汤，以拧碎的饭粒没有了干白心，方为蒸好。蒸好的糯米饭，从木甑里倒出来，装在簸箕上摊开，让其散热冷却。春夏间，需凉透；冬天则凉至手感温润为宜。而后取两颗宛如小乒乓球的自制酒药丸子，研成粉末，与凉后的糯米饭拌和均匀，装入瓦酒缸，表面拍打密实平整，中央做一个能容一拳的酒窝，盖上密封。

通常情况下，在冬天，将酒缸埋在谷壳堆里发酵，两个对时（先一天的某时到第二天的同样时刻为一个对时，即完整的一个昼夜）即可闻到酒香。春夏间，在常温下一个对时就能酿好。酿好的糯米酒，洁白如玉，芳香扑鼻。

记得童年里，母亲新酿了糯米酒，就会用饭碗装给我们吃，实在是甜得很。最好吃的，是母亲做的糯米甜酒蒸猪脚。若是过年前杀了家猪，新酿的糯米酒又恰恰好了，母亲就会留一只猪前脚，用大瓦钵清蒸，做出这一道美味。肥大的猪脚在糯米酒里焖得稀烂，汤汁里漂浮着油花和糯米酒糟，奇香无比。一家人吃肉喝汤，大快朵颐，真是人生快事。

糯米甜酒富有营养，在乡间被称为好东西。滚热的糯米甜酒冲鸡

蛋，对于大病初愈的人来说，是上好的补品。糯米甜酒熬红糖，是产妇必喝的，有催奶补血之效。在春夏农耕时节，蒸一缸糯米甜酒，无论人吃，还是喂牛，都能增强体力，干起犁田、耙田的活来，更有劲头。有的人家，母猪生崽，也会特地蒸一缸糯米甜酒，喂给它吃，乳汁泉涌。

糯米酒新酿出来，十分香甜，久了，就酒味愈浓，酒水愈多，酒糟也老了。若是天气热，残酒糟里甚至会生酒虫，摇头晃脑的。不过，这些酒虫对于爱喝酒的村人来说，并无妨的。我就曾多次看见我的父亲，连糟带虫舀上一口杯，在柴火上熬一熬，就美滋滋地喝酒吃菜，脸色愉悦，颇为享受。

在过年的时候，我的母亲有时会专门酿一缸糯米酒，日日舀出酒窝里聚集的酒水，用坛子或瓶子装起来。这种酒，村人赋予了特有名称，叫胡酒，也叫胡子酒。胡酒味甜，收藏久了，色泽由黄转红，更为醇香，是待客的珍品。

揾缸酒

旧时乡间的客情，可真是好啊！尤其是过年拜年的时候，东家请吃，西家请喝，轮流排班。亲戚无分亲疏，邻里无分远近，吃不完的酒，喝不清的茶。亲情浓郁，乡情弥漫。青砖黑瓦的村庄啊，让人倍觉世间的温情与美好！

故乡是一个酒风浓烈的地方，喝酒豪爽，劝酒劝菜热烈，待客诚恳。来了客人，恨不得把自家最美好的酒菜，全部奉献于席面，极尽劝勉之辞，让客人喝得高兴，吃得开心。

好菜自然要配好酒。在故乡，主妇们最拿手的就是揾缸酒，也叫

倒缸酒。揾缸酒有两种，一是烧套胡，二就是水酒。这两种酒，味道香甜，酒度低，入口醇和，却后劲十足，让人开怀畅饮，红光满面，言谈热烈，不知不觉间，连醉了都不知道。

过年之前，酿大半缸糯米酒，待其甜香之时，舀来红薯烧酒满上，揾着浸泡。数日后，红薯烧酒与糯米胡酒充分融合，将酒糟捞出，以干净纱布或苎布过滤酒液，装坛封存，这就是烧套胡。水酒则是做甑蒸饭时，锅中米粒熬煮半熟时捞出，将一大锅米汤凉后浸泡新酿的糯米酒，数日后同样过滤存储酒水。此酒浓度更低，水的成分大，故名水酒。

做揾缸酒拧干过滤后的酒糟，也是一道美味。取少许，加水熬热了喝，是糟酒。那时村中有一道家常菜，叫搞米粉。先将粘米一两升炒至焦黄，而后到碓屋的青石臼里捣成粉末，装妥待用。这种米粉用来蒸米粉肉、蒸菌头膏、蒸鹅肉，味道都好得很，在故乡堪称上品佳肴。搞米粉，则是菜锅里先放水，然后放油盐调料煮沸，舀三四调羹米粉倒进去，以筷子快速搅拌成糊状，装碗做菜。搞米粉这个菜可以演化成很多品种，比如说，辣椒米粉、丝瓜米粉、鱼肠米粉、猪小肠米粉、猪大肠米粉，无不好吃。做揾缸酒时，我母亲也会搞酒糟米粉，甜甜香香的，滋味浓郁。

过年时候的揾缸酒，有的人家还会浸泡冰糖，就更香甜了。八大碗或十大碗的热菜，摆满八仙桌，众客围坐，主人提了酒壶，将温烫过的揾缸酒一一筛满酒杯。众人端杯举筷，笑语喧哗，家长里短，气氛热烈，农家的屋檐下，弥漫着浓浓的温情。

揾缸酒以其浓度低，入口香甜，连妇女、孩子都爱喝。我年少上中学时坐于酒席上，也是允许适量喝一点的。在村人看来，一个人的酒量是从小慢慢锻炼出来的，尤其对于一个男孩来说，将来长大成人了，若是不能喝酒，并不是个好事情。村间也有句俗话，“席上教子”，酒宴场中，亲情浓浓，轻松愉快，正是未成年的儿女们接受长辈们礼仪教化的好时候。

真是难忘旧日里，那一年年在瓦檐下重复的一场场家宴，无论在我们家，还是在舅舅家，还是在别的亲戚邻里家，香甜的揾缸酒总是一壶一壶地空了又添满，冷了又烫温，劝酒劝菜的话语也一直不曾停息。

“来耶！喝深点子哎！这酒又没什么力！……”

“来来来！夹菜夹菜！别装文哎！也没什么好菜！……”

酒药

“不信药，信酒药。”我的母亲常念叨这句话。

在乡间，酒药是个神奇的东西，一粒粒，圆圆硬硬的，像灰白的小乒乓球，也叫酒药丸子。有了酒药，不管是稻米也好，红薯也好，高粱也好，这些粮食统统都能酿出好酒来，香味醇厚。故而它的奇妙威力，令村人笃信无疑。

昔日村里的酒药都是各家自制，其原料也是常见的草木藤叶，用料的多寡全凭经验，并不用杆秤来称出斤两，因而各家的酒药效果也略有差别。好的酒药，酿出的酒更醇厚香甜，出酒量也多。

做酒药的原料，通常需要用到六种植物：辣蓼草、醋节藤、野薄荷、蚂蚜草（方言，蛙类统称蚂蚜）、奶浆草和桃叶。前四者的用量占主要成分，又以辣蓼草居多，这草俗称酒药草，红红的秆子，铍针状的尖长绿叶，开花时一枝枝像小穗子，红白相间，十分漂亮，它们在故乡的池塘边、田野间、屋旁、山脚十分常见，大片丛生，我们从小就认识。奶浆草贴地面匍匐生长，折断其茎，流出一股黏稠的白色奶浆，这草用量可少一点。至于桃叶，做一次酒药摘七八片即可，用来做引子。醋节藤（方言读音）、野薄荷味香，有了它们，做出的酒药更香，酿糯米酒更甜。

制作酒药需在中秋节之后，此时，这些草木藤叶已然成熟，药效最好。从田野、山岭、江边及房前屋后割来几篮子这些植物，清洗后，放在烈日下的禾场上晒干。而后，在碓屋的石臼里捣成粉末。捣酒药粉很呛鼻，主妇们通常用一块毛巾扎在脸上。捣成的这些草叶的粉末，需要过筛，去除大的杂质碎屑。按照经验，一升干酒药粉，通常需要兑一升粘米捣成的米粉。因此在捣好药粉之后，还需按照这个配比，量取适量的粘米，浸泡后捣成米粉。这两种粉末拌和均匀后，加入冷水，揉搓至油润筋道，最后截取成小团，揉成酒药丸子，像一只只乒乓球。

新做的酒药丸子密密麻麻放在簸箕和团箕里，上面也以簸箕和团箕覆盖，置于屋内阴凉处。一天后，这些湿润的酒药就有了一股香气。三四天后，便全都长了一层细细的绒毛状白霉，就像小时候玩过的蚕

茧，样子十分可爱，香味更浓了。白霉越多越好，以后酿的酒也越香甜。这时，就可以将簸箕端到禾场上，或者架子上，晾晒酒药，任其干透，收藏待用。

因为酒药成分的多寡全凭手感和经验，各家所做酒药的好坏与力道不尽相同。为让日后酿酒时添加酒药的用量有个大致的参考，主妇们就会蒸两碗米饭，分别拌和约半粒的酒药粉，二十四小时内即可酿成酒。品尝一下，看哪一碗酒甜，哪一碗酒酿老了，劲道大，难入口，或者还不够醇香，心里就有个准则了。

一般而言，酿糯米酒，所需的酒药少。一斗糯米，放两三粒酒药就行了。酿红薯酒醅子，一担红薯，需一大碗酒药。用时，酒药需重新研成粉末。

在乡间，酒药也是一味良药，能和肠胃，化腹胀，止呕吐。取酒药一粒，烧一半，研成粉，冲水服，对止泻有奇效。

正茶

旧时的故乡曾有许多茶叶树。

村人嗜茶，无论男子还是妇女，尤爱喝浓茶、喝热茶，一天都不曾间断。除了茶叶树外，一年中用来制茶的还有其他的草木藤花，诸如枫树叶、山苍子籽、金银花、野菊花之类。不过，相比而言，茶叶树上采制的茶叶总是处于正统地位，故而村人将其称作正茶。

村里的茶叶树并不连片成林，它们是零散地分布在一些旱土的边缘。茶叶树成丛生长，枝叶密集，却永远没有油茶树高大。茶叶树也开白花，也结果，不过，它的果实比油茶果要小很多，裂开时，里面

通常只有一粒圆圆黑黑的籽粒。小时候我也曾很纳闷，怎么这些土边上长着茶叶树呢？

我是很久之后才了解，这些茶叶树是先前各生产队种植的。据说茶叶树容易生长成活，在土里埋上籽粒，就会发芽长出茶叶树来。到了摘茶叶的时候，社员们采摘归集一处，由生产队按各家人口和工分进行分配。茶叶树种在土边，占地少，也不影响作物的轮作，可谓一举两得。只是当我明白这一切，已是分田到户多年，那些茶叶树或砍或挖，渐没了踪影。

童年里，对母亲摘茶制茶印象深刻。我们村庄的隔壁，是西冲村，也是我外婆的娘家。那里有一座很大的茶叶山，位于江流之畔，每年农历二月、四月和六月，各摘一次茶叶。头两次归村集体，后一次向全村开放，各家摘了归各家，也叫开山。每到开山的日子，那边的亲戚就会叫我母亲去摘茶叶。母亲提着大竹篮，邀上几个素日相好的邻里同去。这样的烈日天里，母亲有时要连摘两三天，每天提着满满一篮碧绿的茶叶回来。

村中制茶有两种方法，茶叶清洗后或是蒸，或是炒。母亲摘的茶叶多，都是用大锅翻炒杀青。炒过的茶叶，母亲倒在摆放地上的簸箕里，用力反复揉搓，搓得茶叶卷曲起皱，汁水染绿了簸箕底，而后端到烈日下暴晒。一天能晒干透的茶叶最好，墨绿墨绿的，有着浓郁的香气，长久收藏不坏。

我的家里有一只茶叶篓，挂在灶屋的木梁铁钩上，烟熏火燎，已然乌黑。篓里的茶叶总是满了又空，空了又装满。每次泡茶时，母亲都要洗涮一番她的那把做工精湛的铜茶壶，倒掉陈茶，取了茶叶篓下来，揭开篓盖，抓一把茶叶放进壶里，而后一勺一勺舀了柴灶鼎罐里正噗噗沸腾的热水将铜壶灌满，盖上壶盖子。母亲嗜茶，就如同父亲嗜酒，早上起床后必定会泡一壶新鲜的热茶，然后全家同喝，一碗咸菜是常年都会有的。喝了热茶的母亲，精神焕发，做事有劲。要是哪些天，她连热茶都不爱喝了，定然是病了。病了的母亲也不吃药打针，或者自己在手脚后颈扯痧，或者叫姐姐拿一只碗给她后背刮痧。强撑几天后，母亲的神情渐渐恢复如常，热茶又喝得呼呼响，是我最爱听的声音。

在村里，很多人喝茶喝得特别浓，用一只熏得辨不出本来面目的大口杯熬茶，茶叶占了半杯子，茶汤浓得如墨汁。我也曾喝过这样的热茶，味道苦得很。

好茶的村人，也十分好客。一家人正在喝茶，若有村邻来，必定起身让座，添碗筛茶，相邀同喝。来了远客，泡一壶新鲜热茶，炒些花生豆子，煨几块烫皮，先行招待，说些客套家常，再备办酒菜，倾力倾情。逢年过节，近邻来了客人，相互间也常邀请来喝茶，摆上丰盛的土产和糖饼，情义殷勤。

村中还有送茶的礼俗。旧日乡谚说：“起屋造船，昼夜不眠。”在乡村，建一栋房子，是一辈子的大事情，从筹划到打砖、烧窑、买树、兴建，劳心劳力，倾尽一家的积蓄，十分不易。当一户人家在夏日里

打砖做瓦，或秋日里烧窑，或冬日里建房之时，就常有村邻的主妇专门泡了热茶，备办了佐茶的糕点、包子、米粑之类的东西，连同碗筷一担挑了去，送至现场，热情邀请做工的一众人等来喝茶。主人家也是感激连连，乡里乡亲，更添了一份情谊。

便是过路之人，若是口渴了，随便走进路边的人家讨碗茶喝，也是寻常之举。主人如在家，必定笑脸相迎，端碗倒茶，嘘寒问暖。喝过茶的人，道一声谢，继续赶路。那时村人外出干活少有锁门，若家中无人，路人推门进去，自斟自喝也是无妨，离开时将门略略关上即可。于今想来，恍若隔世矣！

正茶在乡间也是神圣之物。盐、茶、米三者各少许一混合，就成了能辟邪保平安的盐茶米。旧时娶亲嫁女，女子出娘家，进夫家，要往其头上打盐茶米；老人去世出柩，盐茶米打棺材上；小儿心神不安，包上一小包盐茶米放于枕头下睡。正茶守护着在大地上繁衍生息的一方村人。

枫树叶茶

谷雨时节，正是采摘枫树叶制茶的好时候。

旧时的故乡多枫树，山林间生长着大大小小的枫树，村庄里也有两棵参天古枫，一棵在宗祠后的高坡，距离我家很近，另一棵在榨油坊旁边的溪岸。枫树是一种十分漂亮的落叶乔木，笔直的主干上，密枝横斜。夏日里，枫枝上覆盖着一撮撮五角星状的绿叶，片片如掌，层层叠叠，香气浓郁。到了深秋，这些浓叶渐渐变红，将山林点染得色彩斑斓。村庄里的两棵古枫，此时更是灿若云霞。之后，红叶纷飞，枝丫光裸，枫树又有了一种删繁就简的素朴沉静之美。

我家附近的那棵古枫，曾是村里最高大的古树，也是周边村庄绝无仅有的。它屹立在那片高地上，占据了广阔的地域，我们小时候在树下玩耍，需要好些人牵手相连，才能将它围抱。它那高耸入云的树冠，有两根比腰还粗的乌黑枯枝，上面筑着一个喜鹊窝，远看比谷箩筐还大。每天一大早，数不清的喜鹊叽叽嘎嘎，从树上起飞，像一条黑色的河流，向远山飞去。到了傍晚，它们又翩翩成群归来，扇动着带有白点的黑翅膀，一路欢叫。童年里无数个美好的早晨，我是在听着喜鹊的叫声中醒来。

春日里，万物苏醒，一棵棵枫树又吐出芽粒。风里雨里，芽粒绽放，片片枫叶舒展开来，青翠盎然，薄如蝉翼。待到谷雨之时，枫树叶尤为鲜嫩，且清香四溢，最适宜制茶。这几天，村里的妇女们，会提着大竹篮上山，采回一篮篮翠嫩枫叶。而两棵古枫，枝高叶密，谁也无法企及。

枫树叶杀青同正茶一样，也是可蒸可炒。若蒸，则在大水锅里放一笼屉，将清洗后的枫树叶置于笼中，盖上生火，见热气溢出，即可端出晾晒。不过，我的母亲制作枫树叶茶时，多是大锅翻炒，而后倒入簸箕细细揉搓，搓出绿色汁液，搓得叶片卷曲发皱，方才晒干。新做的枫树叶茶，村人多以瓦瓮装着，表面撒上少许米粒，糯米尤好，以便让茶叶尽快生虫。

在故乡，人们认为新枫树叶茶没有老枫树叶茶好。新茶泡出的茶汤，色泽金黄，味淡。老枫树叶茶，则茶汤橘红，味道醇厚。很多人爱好浓茶，常将老枫树叶茶熬得浓稠如墨，闻着香气浓郁。

生了虫屎的陈年老枫树叶茶，是枫叶茶中珍品。这样的茶叶，其实差不多已不见其叶，全是一粒粒黑色的虫屎，奇怪的是竟也不见了虫子。抓一小撮，就能泡一壶浓香橘红的好茶。

虫屎枫树叶茶，曾是故乡人用来治疗肠风、腹痛、腹泻的良药，老幼咸宜。只需少许泡茶喝下，效果立竿见影，比吃什么西药都管用。在我的童年和少年时期，我就曾多次以此疗疾，况且喝这茶水又并无中药那般的难咽苦味。

或许正是因为枫树叶茶有着奇异的好处，这种茶叶一直为故乡人所喜爱。尽管村中的两棵古枫，被一群无知之人砍掉了，但村人在谷雨时节采制枫树叶茶的习俗，依然传承了下来。

即便如长居城市的我，家里总有着从故乡带来的枫树叶茶，或新，或老。偶尔泡上一杯，在袅袅的茶香中，总能想起故乡那些曾经熟悉的可爱枫树。

金银花茶

旧时故乡的野生金银花可不少。

金银花是一种藤状小灌木，长得一丛一丛的，蓬蓬勃勃，绿意盎然。它的根系繁密发达，在地下能横着生长很长，每隔上一段，就从根上分蘖冒出芽粒，长成一棵新的小树，宛如竹根。即便它的那些修长藤条，也能落地生根。由是，在田土的坎子边、溪涧旁、江畔、山林间，都不时能看到它们的身影，长得蔚然繁盛。

金银花的藤条柔软而韧劲足，不易一折而断。藤的外皮微微有点发红，里面的茎却翠绿得十分可爱。它的叶片长卵状，手指宽，上面深绿，叶背有着密密的绒毛。与诸多落叶藤本植物不同，金银花的藤条一年四季都披着绿叶，旧叶老去，新叶长出，经冬不凋，能耐严寒。或许正因如此，它还有一个“忍冬”的美名。

清明之后，是金银花盛开的时节，一丛丛绿藤上开满了花朵。金银花开得很是别致，一簇一簇的，每一个花蒂同时开出两朵并立的小花，故又有鸳鸯藤之称。其花若长管，管口张开如喇叭，小小的五茎雄蕊围着一茎雌蕊，呈弯曲舒张之态，模样十分优雅，伸到了喇叭口外面。尤其令人称奇的是，这些小花初开时通体洁白，隔上一两日，就变成了浑身金黄。因此当繁花盛开之时，洁白与金黄，同时呈现在绿叶之上，散发清香，异常漂亮。这既是金银花得名的由来，也是识别它的最显著特征。

小时候，每年春暖花开，我们常跑到村北一处名叫资友庄上的地

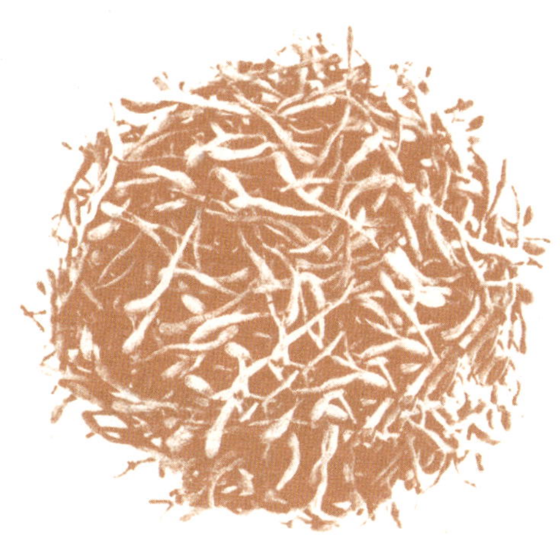

方玩耍，那里原是住着人家的，青砖黑瓦的旧房都倒塌了，形成一道长废墟，通往山脚。此时的废墟上，长满了野竹、野笋，长了一丛丛血红的杜鹃花，长了一蓬蓬的金银花，是我们的开心乐园。

在乡间，金银花具有清热解毒之功效，能泡茶喝，已是众人皆知的常识。因此，每到开花之时，村里的妇女们，就提着竹篮，翻山越岭四处去寻觅采摘，慢工细活。在茂密的油茶树林间，常有金银花的藤条攀缘着茶树枝爬得高高的，这色彩分明的繁花，让人在远处望见就满怀欣喜，直奔而去。在这个季节里，我母亲总要摘来几篮子，既自用，又能在日后赶圩时卖点油盐钱。

金银花的花期短，少则三五天，多则十天半月就没了。摘来的金银花，可摊开在簸箕里直接晒干，只是这样的干金银花易碎，不耐收藏。我的母亲多是将金银花在水锅笼屉里略为蒸一下，再晒干，就好多了。

盛夏酷暑，身上痱子多，燥热又痒，有时还长红红亮亮的大痈子，又胀又痛。泡金银花茶喝，既清香又解渴，还解暑解毒，是村人常用的方法。母亲泡金银花茶，是用那把擦洗得金光发亮的铜茶壶盛装，筛茶时，总会有浸泡柔软的金银花被茶汤带入白瓷的碗中。茶汤淡黄明澈，金银花沉于碗底，看起来就赏心悦目。不过，金银花茶略有点苦，需趁新鲜喝，时间一长很容易变味，隔夜即馊。

金银花的藤叶，也是夏秋间的好东西。割了来，剁碎晒干，既可泡茶，也可煮水洗澡，是村里孩子们去痱止痒的良药。

凉茶

眼前，我的桌上就有一包用红色食品薄膜袋装的凉茶，那是前不久清明节回故乡时，从大堂兄家拿来的。其时，我们喝着这样的花草梗叶混杂在一起的土茶叶泡的热茶，一碗一碗，很是舒畅，我便向堂嫂索要一些。堂嫂很是开心，这是她亲手采制的凉茶，鼓鼓囊囊地给我装了一大包。

从小受我母亲的影响，我也一向喜爱喝茶。如今人到中年，就愈发像母亲了。大清早起来洗漱后，就是烧水泡茶。不同的是，母亲以前是灶窝烧水，铜壶泡茶，而我现在是用电热水壶烧水，然后就往自

己的有机玻璃茶缸冲泡一杯。我已有十几年没喝过母亲制作的凉茶了，如今堂嫂的这些凉茶，让我有了一种亲切之感。

堂嫂的凉茶，依然是故乡传统的那种制作方法，采了各样具有清热解毒功能的草叶藤花来，剁碎晒干，混合均匀。她给我的这包凉茶，我能一眼认出来的只有那金黄的野菊花，别的枯花、干梗、焦叶，我差不多都分辨不出谁是谁了。不过，这也无妨，每次抓一小撮泡来喝就是，凉凉香香的，是故乡的味道。

昔日里，故乡的主妇们采制凉茶，多在端午前后。此时，天气进入盛夏，各种草木藤叶也深了。凉茶的配制大体都差不多，无非是乡野常见之物，诸如金银花、麦冬、大青叶、夏枯草、地石榴、鱼腥草……都不需花钱购买。这些草叶藤花之中，我对夏枯草和地石榴情有独钟。夏枯草多长在山坡，连片生长，开花之时，寸许长的花穗很像无芒的麦穗，穗上长满蓝紫色的小花，十分漂亮。花期过后，夏枯草即干枯而死，这也正是它得名的由来。因此，在它开花之时，我的母亲常一篮篮扯来，剁去根部，将其晒干。地石榴则贴地匍匐生长在山林间的阴凉之处，枞树山里尤多，碎叶小花，结一粒粒的短茎圆果，像细小的眼球，由青而红而黑，很软很甜，我们常摘了吃。在炎热的夏秋，村人多喝凉茶，以此清热解毒，也常用来熬水，给孩子洗澡，能去痱止痒。

故乡村前的两座大山之间，曾有一条石板古道，是通往十里外的圩场和京广公路、京广铁路的必经之路。山半腰有一座旧凉亭，叫攀家坳凉亭，此处地居要冲，是周边十里八乡往来之人歇息的地方。有好些年，每逢夏秋赶圩的日子，好几个村妇，一大早泡好了凉茶，用大木水桶挑了去，摆放在凉亭边卖茶，几分钱一碗。挑担之人，身背重负之人，走到此处，常累得满头大汗，气喘吁吁，放下来，咕嘟咕嘟喝一通凉茶，歇一歇，再继续着行程。也有无钱之人，实在渴极了，讨一碗凉茶喝。村妇们的生意还不错，中途各家男子还会新泡了凉茶送去，要卖到太阳西斜，路上行人已然稀少，方才挑着一担空水桶和一篮大茶碗回家。

山苍子茶

村中采制山苍子茶的人家现今不多，能喝上山苍子茶，于我而言，并不是一件寻常事。

大约是在前两年的某一个秋天，我因事回到故乡。在我大堂兄家喝茶的时候，那茶汤橘红橘红的，碗里有一颗颗黑色的籽粒，香气浓郁。我一喝，味道清凉，又稍感觉一点辣，似乎有一股久远的熟悉气味。正狐疑间，头发花白的堂嫂哈哈笑开了，她说："这是山苍子茶，是我自己做的啦！"

山苍子树曾是我童年里的寻常树，那个时候，村里各生产队，都有一片山苍子林。这是一种经济林木，它的籽粒能蒸馏出山苍子油，色泽金黄，有奇香，是当时国家收购的贵重香油。

这种落叶乔木易生长，且长得快，长得高，一个树蔸能长出好几根主干，再各自长出层层叠叠的长枝，相互交错，散开成阔大的一丛，树皮光滑黛绿，布满星点。其缺点也十分明显，树干树枝质地松脆，很容易折断。

每年正月，尚春寒料峭，原本光裸的山苍子树上，便开满了金黄明艳的繁花，悦人眼目。山苍子花细碎，一簇簇的在枝条上密密挨着，数量无穷。那一片片的山苍子树林，是此时乡野间最亮丽的所在。

以后的日子，花谢花落，树枝上长出了绿叶，也挂满了翡翠色的珠状小果，就是山苍子。山苍子树的叶片狭长，很是柔软，有着一股特殊的芳香气味。山苍子的气味更浓更烈，在农历六月间采摘时，手掌全被汁水染成绿色，几天都洗不干净。而采摘之后的树林，就像经历了一场浩劫，断枝残叶到处都是，晒干了，捡回家，是极好的柴火。

村里大水圳边的空旷处，有土法蒸馏山苍子油的大土灶和简易器具，属于几个懂得炼油技术的人，各生产队的山苍子由他们收购。我们也常在采摘过后的林子里，捡拾残存的山苍子，卖给他们，得几分几角的零花钱，购买冰棒糖果，或交给父母。炼油后的山苍子，倒在大灶旁，乌黑油亮，成了高大的堆子，在烈日下散发强烈的气味。这些残渣很是肥沃，用来肥田，还可杀灭害虫。

那个年代，我似乎没听说过谁家喝山苍子茶，或许是我年纪太小，所知有限。后来分山到户，我母亲抓阄时，恰好分得了原属于我们生产队的那片山苍子林和油茶林混杂的山岭，喜出望外。或许是人心复杂，或许是这山苍子树做柴火太好了，也或许是这树已过了盛产期，反正没几年工夫，村里原先那些大片的山苍子树林，就被别人偷的偷，自家砍的砍，全都落了个精光。高高的山苍子树砍了，原先被遮盖的油茶树逐渐长得郁郁苍苍，填补了它们的位置。只是在早春，山苍子开花的时候，这里几枝，那里几丛，黄花靓丽，让人方才知道，还有一些幸存的，或者新生的小山苍子树，在昭示着它们生命的顽强。

采摘山苍子的盛况已然不再，炼油的土灶和器具也已不存。倒是摘山苍子泡茶的，渐有所闻。采制山苍子茶有两个时段，一是采花，二是摘子。山苍子花采来晒干，即可泡茶，茶汤淡黄透亮。山苍子则需先蒸熟，再晒干。山苍子泡茶时，不需放太多，抓一小撮就行，茶汤橘红，香气浓郁。山苍子茶能解暑，据说还有温肾健胃、行气散结的功效，却也不宜常喝。

野菊花茶

有一个疑问，向来不得其解。

晋代诗人陶渊明归隐田园后，在其《饮酒》诗中写道："采菊东篱下，悠然见南山。"那问题来了，他采的是哪一种菊花？是那些朵儿大的长花瓣栽培菊吗？还是野生的金黄色小菊花呢？采来又是做什么用？

照常理推测，陶渊明曾为县令，是有文化的士大夫阶层，虽说归隐，想必究竟也是与普通种田农夫有所不同，闲来在篱墙边种几丛长瓣菊花，增添一番兴致，消磨几许时光，也不是不可能。不过，我倒

是觉得，或者说更是希望，在深秋初冬的日子，他家篱笆之下，是灿烂盛开的成片野菊花，金黄明丽，气势若燃，这更合乎他此时返归自然，与自然融为一体的人生态度。如此情景之下，不经意地观山、看鸟、采菊、饮酒，才更接近一个农民的心境和状态，具有真正的田园味道。

陶渊明的故乡浔阳柴桑，与我的故乡永兴八公分，虽说地理上相隔千里之遥，但江西、湖南唇齿相邻，乡村景物大抵相差无几。尤其是那些贴地匍匐生长的野菊花，它们生命力强大，春夏默默，不与百花斗艳，唯在秋冬之交，万物萧疏之时，方才恣意开放，带来蓬勃的生机与美丽。如此情形，在湘赣大地，古今皆然。

在我的青年时代之前，故乡只有野菊花，人们忙于农耕，哪有什么闲工夫栽种人工驯化的高秆大菊来观赏。山岭、路旁、田埂、江岸、土坎、房屋的周边，野菊花这种长茎绿叶的寻常植物，无处不有。平常的日子，它们与一般的野草无别，并不会引起人们太多的注意。

野菊花盛开的时候，一丛丛，一片片，牵牵连连，开得十分热闹。密密的小花紧挨着，如金币，似笑脸，在绿叶的映衬下，黄亮亮的，尤为可爱。这时候从旁边经过，一股特有的淡淡香气飘忽而至，令人目悦心怡。

采菊正当其时。野菊花能清热明目，村人常采来泡茶。我的母亲在世时，每年都要采摘很多野菊花，略略一蒸，摊开在簸箕里，放太阳下晒干。如此，这些干菊花的花瓣就不易折碎。干野菊花泡茶，茶汤色泽黄亮，香气氤氲，不过苦味也略有些重。所谓良药苦口，大抵总不能免。

现时的故乡村人，年长者依然爱喝野菊花茶，自采自制。我偶尔回到故乡，喝这种茶的时候，亲友也会馈赠一些，让我带回城里喝。

少小年纪，父母亲人不断鼓励我勤奋学习，跳出农门，远离农村。及至中年，在喧嚣的城市谋生沉浮近三十年之后，心疲意倦，又想复归农村，做一个与大自然相融相处的农民。只是这个时代已不是东晋，纯粹自食其力的农耕已难以养活一个农民。再说，自从我的户籍离开了故乡，那里已没有了我的田，也没有了我的土，又怎么还会有我的田园生活和采菊东篱？

姜汤

小时候，在村庄的园土里，有三种作物的茎叶长得十分相像，茎秆笔直如绿色的箭竹，狭长油光的叶片，也颇像大的竹叶和小的粽叶，常让我疑惑不解。它们便是尾参、百合和姜。碰巧的是，此三者都是在农历三月种下，到了秋后才挖收长在地下的根茎块，用途则各有不同。

尾参又名玉竹，我是很晚以后才知道，也让我恍然大悟儿时对它的直观印象。那时尚在生产队，各队每年都要种植大片尾参，深秋挖了手指粗的黄色根茎，铺满在禾场上晾晒。尾参气味浓烈，晒蔫晒干后，全部上交国家收购，村人并不留用。相比百合的球状鳞茎，尾参的形状更像姜块。

姜是家家户户必不可少之物，做菜调味离不了它。故乡有句俗话，“四脚不放姜”，意即除了猪、牛、羊、狗等长了四条腿的动物的肉食可以不放姜外，其他荤菜都要放姜，以避腥味。姜也可以加工成多种美味，比如腌子姜、腌盐姜、姜片糖。而利用姜的辛辣祛湿散寒，熬姜汤喝，更是旧日农家经济又便利的首选良方。

故乡人家种姜，并不种太多，或一行两行，或七八株，或三五株，纯属自享，不是用来赶圩卖钱的。相反，很多人家并不种姜，而是赶圩购买。

我家曾经种过姜，是在我们搬入新瓦房居住之后，家里的一块菜园就在附近，两面邻水田，后面的坎子上是一条斜坡小路，新茅厕也建在了菜园的一角，种菜种姜就越发方便了，父母每年都要种上一些。姜喜欢疏松透水的生长环境，种时每个土坑要挖得宽大一点，深一点，浇上粪淤作底肥，撒一层炭灰或柴灰，再将发了芽的老姜块放进去，上面覆盖的同样是柴炭灰之类的火淤，利于它的出苗。

在整个生长期，老姜块萌生子姜，子姜又萌生子姜，一代接着一代，不断地有新的茎叶长出来，密集成丛。为让姜块长得更大更多，土坑也需不断增添柴炭灰，渐渐堆高。待到中秋前后，方才拔出姜块，剪去茎叶。

新出土的姜块呈扇面，大过成人巴掌，黄亮厚实。那些丛生的子姜，

恰如分叉的畸形手指，顶部的姜芽粉红圆润，又嫩又漂亮。童年、少年的时候，我们常玩一种游戏，扳着自己的手指，一根根弯曲着，叠加在前面的手指上，像一块姜。一会儿工夫，就能把双手叠成“姜块”。

子姜做菜是不错的美味，可腌可炒。村人腌子姜多是切片，用盐拌和，腌出汁水，从腌菜瓮里掏一点红红的腌剁辣椒拌上，即可食用，微辣鲜嫩。子姜炒鸭子，是中秋节的故乡名菜，鸭是自家养的土鸭，新鲜的红辣椒也是自家园土产的，香喷喷的两大碗，是节日里的佳肴。

俗话说，姜是老的辣。老的姜块，除作为日常三餐做菜时的调味品外，有时也加工成盐姜和姜片糖。姜片用盐浸后晒干，即为盐姜，嚼食可暖胃祛寒。做姜片糖则要复杂一些，需先将切好的姜片用热水略煮一下，再用冷水冲洗多次，去掉辛辣味。而后将适量白糖略加水，熬至浓稠，用筷子挑了，能拉出糖丝。二者调和均匀，凉后就成了香甜微辣的姜片糖，是我们旧时过年的美食。

一年四季，无论天晴落雨，刮风下雪，作为农人，总有做不完的农活。许多时候，我们在外面做事，突然一阵大雨落下，来不及找到躲避之处，就已经淋得全身湿透。春夏间，这样的日子尤其多。为了去除寒气，母亲通常在我们换了衣裤后，赶紧拿几块老姜切了，熬半砂罐姜汤给我们趁热喝下。若是有红糖，可放几块同熬，若没有，也可放一些紫苏秆，或者几棵葱蔸，甚至放几调羹红红的辣椒灰。总而言之是让我们辣得浑身燥热，辣出一身微汗。

喝过姜汤，出了热汗，顿觉神清气爽，全身轻松。

冰棒

“卖冰棒，卖冰棒，卖永红圩的冰棒！我的冰棒又甜又香，吃了我的冰棒保健康！”曾有好几年，村里的良顺老哥在周边村庄卖冰棒卖出了名。他唱歌一般的顺口溜，随着走村串户，传遍了方圆数里的村庄。村里人至今说起卖冰棒的往事，仍然会提到已经作古多年的他。

那是 1980 年代初期，生产队解体，刚分田到户不久，我还在上小学。也不知从哪一天开始，村里就来了卖冰棒的外乡人，对于偏远山村的故乡来说，这可是个新鲜事。一直以来，村人在夏日里口渴了，

或者喝生水，或者喝正茶，喝各种草木的花叶泡的凉茶，这像寒冬结冰下雪天气才有的冰块和雪杆一样的东西，实在是闻所未闻，见所未见。

来卖冰棒的外乡人，最经典的装备是一辆载重自行车和一个白色泡沫冰棒箱子，箱子绑在后座上固定。骑着或推着自行车每到一处叫卖的地方，卖冰棒的人一面按着铃铛，一面高声吆喝："卖冰棒——卖冰棒——"，一会儿，便有大人和孩子赶了过来，将他围住。嘴最馋的自然是孩子，常有人哭闹蛮缠，捧着一只碗，拉着父母或奶奶爷爷来买。卖冰棒的人接过那些一分、两分、五分、一角不等的零钱，揭开泡沫盖子，伸手从里面掏出冰棒来。冰棒有两种，一种是方块状的白冰棒，甜甜的，另一种是香蕉状的绿豆冰棒，满是浅绿的豆粒。冰棒是用一张薄油纸包裹的，剥开纸，好看的冰棒就露了出来，在阳光下晶莹剔透，冒着冷气。

看别人吃冰棒，自然充满了羡慕。无论大人还是孩子，那手里拿着的冰棒，不舍得几口一下子啃完，总爱伸长舌头舔一舔，不停地在张大的嘴唇间塞进拉出，吸吮得咂咂响，津津有味，甜蜜蜜的笑容挂满脸上，陶醉又满足。这些冰棒一般卖五分钱一个，若是溶解得不那么坚硬了，甚至快化水了，三四分钱有时也是能够买得到的。

卖冰棒的人渐渐多了起来，有肩膀上斜挎着泡沫箱子的，有提着犹如热水瓶一样的冰棒瓶的。他们走村子，去学校，到烈日下正忙着收割和插秧的田间，哪里有人，就到哪里卖冰棒，人越多的地方越好。

我们村里也开始有人买了冰棒箱子贩卖冰棒，良顺就是最早的一个。那个时候，良顺正值中年，他脑袋灵活，又会吹拉弹唱，在乡村也算个潇洒的人。他脑袋瘦长，村人给他取了个“长脑壳”的外号，并多以此称呼他。做冰棒的地方，先是离我们村东十多里永红圩有一家，那里紧靠国营永红煤矿，是周边的经济和贸易中心。以后，在离我们村北十里的洋塘乡政府所在地的一家国营小饭店里，也做冰棒。不过，在村人的口碑里，永红圩的冰棒更好吃。

良顺力气大，通常是挑一担冰棒箱走村串户地吆喝，周边远近的村庄到处都去。他精力充沛，笑脸热情，爱自己编顺口溜唱歌般吆喝。“卖冰棒，卖冰棒，我的冰棒又甜又香，一天卖几箱!”“卖冰棒呢卖冰棒，我的冰棒又甜又香，吃到肚里有营养!”“冰棒冰棒白又胖，像十八岁的满姑一样，我的冰棒甜又香，吃在口里想姑娘。”如此等等，令人耳熟能详，常逗得众人哈哈大笑。亦因此，在农历五月到七月的这段时间里，他的冰棒生意很不错。

紧随其后，村里又陆续有人加入到卖冰棒的队伍。我家附近响容嫂子和石旺的老婆经常搭档一起卖。我小学的同班同学乌光，小学毕业后没考上初中，每到夏天就专门跨一个冰棒箱子卖冰棒，从早卖到晚，尤其是在逢圩的大热天，他坐在途中最陡峭的坡路旁或凉亭边，要兜售一整天。风气所及，村里不少男孩女孩都卖过冰棒，甚至有一年暑假，我也加入了这个行列之中。

与那些用冰棒箱卖冰棒的人不同，我们凭着一时兴趣卖冰棒的，基本上都是提一个铁桶装冰棒。桶子里先垫一件旧棉衣或一截旧棉絮，围着桶底和四周，再垫一块薄膜，冰棒放在薄膜里包裹后，上面用棉衣棉絮捂盖严实。我那时上初中住校，刚好有一只铁桶，就派上了用场。

我清晰地记得到乡政府饭店买冰棒的情形，一大早店里已经很多人，都是提着白箱子和铁桶来进货的。做冰棒的机器在里间，与店堂

隔开一堵墙，墙上有一个半人多高的敞口窗台。我交了钱，里面的人点了冰棒，用一只筛子装了递给我。冰棒的进货价是一两分钱一个，我的铁桶能装三十个，盘算着全部卖了，能赚几角钱。

返回时走了一半的山路后，我就开始沿着村庄、江流和田野穿行。只是我的嘴笨，面对那些陌生的面孔，一路卖不出多少冰棒。在我们村前的稻田里，到处是“双抢”劳作的人，我走走停停，不时也喊几声卖冰棒，有的人哈哈取笑一番，有的打趣要赊账，让我很是无趣又焦急。我真希望他们大方一点，一下子掏一角两角钱来，买上几根。实在不行，买一根也好啊！

一直到太阳落山，我的冰棒都没有卖完。铁桶里剩下的几根，差不多都要融化成水了，原本饱满坚硬的冰棒，这会儿只余几张空瘪的冰棒纸和几根冰棒棍子。回到家，我把冰水倒入碗中，给父母姐姐喝了。清点出口袋里的零钱，算了一下账，总算略有赚头，没有蚀本，不禁又喜上眉梢。

图书在版编目（CIP）数据

一个村庄的食单 / 黄孝纪著 . — 南宁：广西人民出版社，2020.2（2024.2 重印）
（中国乡存丛书）
ISBN 978-7-219-10895-6

Ⅰ. ①一… Ⅱ. ①黄… Ⅲ. ①散文集—中国—当代 Ⅳ. ① I267

中国版本图书馆 CIP 数据核字（2019）第 206147 号

YI GE CUNZHUANG DE SHIDAN
一个村庄的食单
黄孝纪 著

策　　划 温六零
执行策划 吴小龙
责任编辑 李亚伟
责任校对 唐柳娜
装帧设计 刘　凛

出版发行 广西人民出版社
社　　址 广西南宁市桂春路 6 号
邮　　编 530021
印　　刷 广西民族印刷包装集团有限公司
开　　本 889 mm × 1230 mm　1 / 32
印　　张 9
字　　数 190 千字
版　　次 2020 年 2 月　第 1 版
印　　次 2024 年 2 月　第 4 次印刷
书　　号 ISBN 978-7-219-10895-6
定　　价 48.80 元